# 後宮妃の管理人 六

## ～寵臣夫婦は企てる～

しきみ彰

富士見Ｌ文庫

# 目次

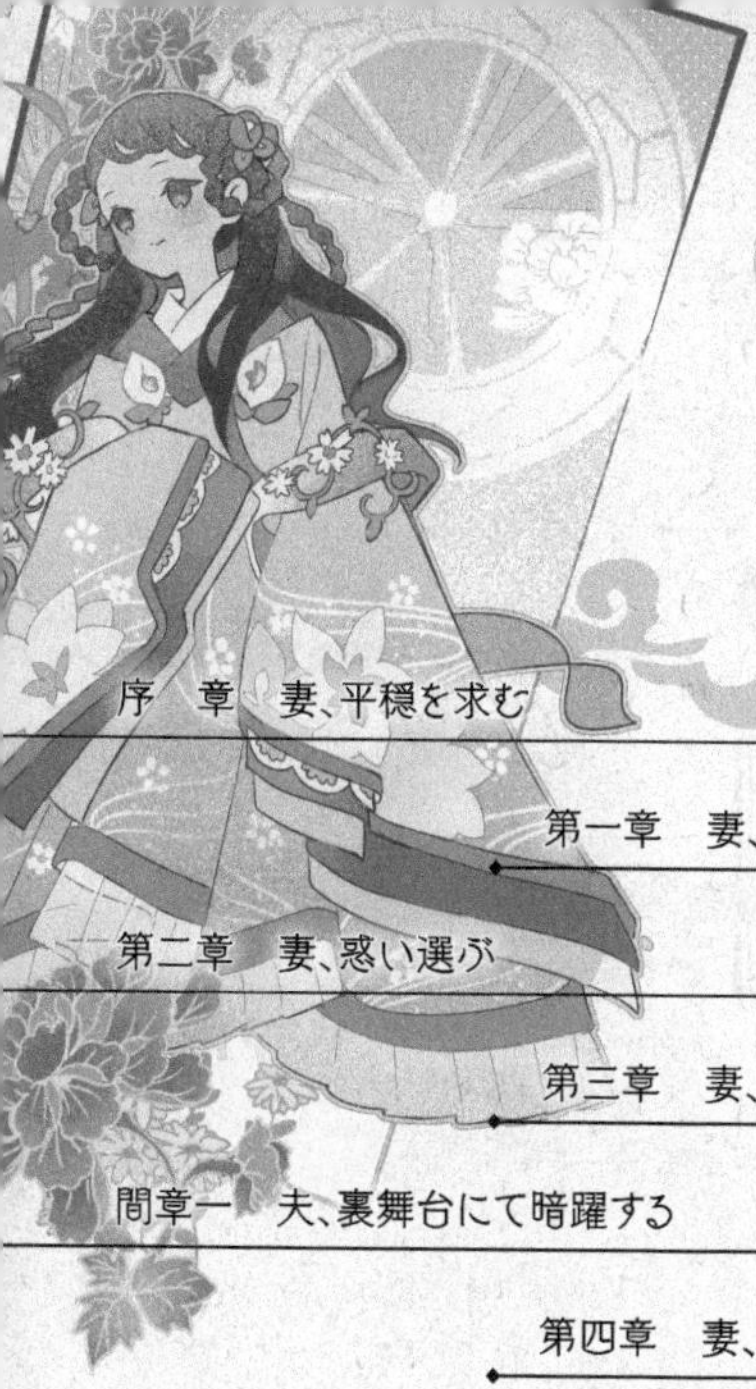

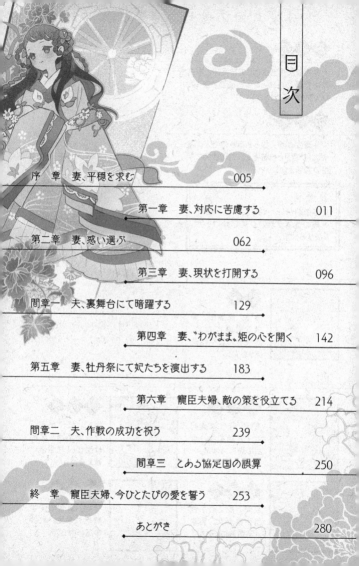

# 『後宮妃の管理人』登場人物紹介

絵：Izumi

## 珀皓月

大貴族の次代当主にして右丞相。皇帝の命で優蘭の夫となる。後宮で働くため、女装することに。

## 珀優蘭

大手商会の娘。根っからの商売人。詔令により皓月との結婚と、健美省での妃嬪の管理を命じられる。

### 健美省

皇帝の勅命により設立された、後宮妃嬪の健康管理及び美容維持を目的とする部署。

## 皇帝

### 劉亮

黎暉大国皇帝。愛する寵姫のため、健美省に日々無茶振りをする。

## 四夫人

### 姚紫薔

貴妃。若くして貴妃に上り詰めた、皇后の最有力候補。

### 郭静華

徳妃。気位が高い保守派筆頭。実家は武官として皇族に仕える。

### 綜鈴春

淑妃。控えめな性格の美少女。実家は革新派のトップ。

### 史明貴

賢妃。皇帝の留学時代の学友。教養の高い中立派。

# 序章　妻、平穏を求む

初春にはいつも、土の匂いがする。

雪が融《と》けて日が暖かくなるからだろうか。その瞬間を朝起きた際に感じると、ようやく「ああ、今年も春が来たのだ」としみじみ思う。

珀優蘭《はくゆうらん》にとって、春は色々なものが動き出す時季である。雪のせいで困難になっていた移動が容易になり、規制がかけられていた他国への出入りがしやすくなるからだ。

特に渡航しなければならないような国は、一気に活動を始める。だから商人にとって春は、勝負の時期なのだ。

思えば昨年の春も、優蘭にとっては勝負の春だった。今と同じ時季に皓月《こうげつ》との縁談が持ち上がったからだ。拒否権はほぼなかったが商売に繋《つな》がるなら、とさらなる条件を突き付けて成功したのは、記憶に新しい。

今思えば、あの話がなかったら皓月と思いを通わせることもなかったのよね……。

そう考えると、なんだかこそばゆいような気持ちにさせられる。同時に、悪いことばかりでもなかったなと過去を振り返って思った。

……いや、かなりきわどい状況にまで追い込まれたけどね？

まあそういうことは、反省するべき点は反省してさっさと忘れるに限る。だから優蘭は、今年の春の予定に思いを馳《は》せた。

現在の優蘭は、宮廷勤めの女官という立場になる。祭事もあるが優蘭が主体となって行なうものではないので、忙しさで言うならば商人時代ほどではない。なので例年よりものんびりとした春を送れる予定だった。

冬季に宦官《かんがん》長・範浩然《はんこうねん》と工部尚書《こうぶしょうしょ》・柳雨航《りゅううこう》が国家を乗っ取ろうとしていたことが判明したこともあり、今まではその対応に追われていたのだ。

優蘭自身はさほど強く影響を受けたわけではないが、宦官長だけでなく保留となっていた内侍省《ないじしょう》長官も死刑が確定したことから、宦官や女官をまとめる内侍省はかなりの人事異動が起きたそうだ。

だがそこは元々いつかすげ替えようと機会を窺《うかが》っていたため、後任は既に見繕って教育を進めていたらしい。そのため、そこの役職に皇帝派宦官たちが入り、大々的に改革をする形で収束。後任の内侍省長官と宦官長に皇帝派宦官が就任したということもあり、後宮のほうも今後は落ち着くのではないかと言われていた。

また健美省《けんびしょう》も、功績の褒美として金銭だけでなく、女官と宦官を含めた部下数人が増えることになったのだ。

最初の教育こそ大変だが、人員が増えるということはその分、優蘭にかかる負担が減るということである。ただでさえ後宮内は広大で、現状の人数ではまったく賄い切れていなかったため、優蘭はとても喜んだ。

特にこれからの健美省には、牡丹《ぼたん》祭に関するお役目がある。人員は幾らいてもいい。

今後は私ももう少し走り回ることが減って、穏やかに職務が全うできそう！

なので優蘭は冬場の寒さなどものともせず、張り切って新人教育に臨んだのだった。

そんな感じで、例年よりも慌ただしく進んだ後宮の冬。

多くの問題が解決した後宮の春は、穏やかなものになるはず——だった。

「長官！　大変です！　郭徳妃《かくとくひ》様と巫婕妤《ふしょうよ》様が、朝からいさかいをなさっています……!!」

「なんですって!?」

出勤早々に新人健美省女官からそう言われた優蘭は、思わずそう叫んだ。

優蘭の叫びに新人女官がびくついてしまったので、優蘭は大きく深呼吸をして一度気持ちを落ち着かせる。そして声が上ずらないように努めながら、状況を確認した。

「現場にはだれが向かっているの？」

「は、はい。既に李《り》女官と宦官たちが仲裁に……ですが李女官だけではもうどうにもできないということで、珀長官が出勤なさったら即呼んできて欲しいと命じられました……」

「そう、分かったわありがとう。朝からお疲れ様」

そういう緊急事態なら、私が出勤時必ず通る門の前で待機していて欲しかったわ……という本音をぐっとこらえる。まだ新人なので、そういった常識はこれから教えていくものだ。己の教育不足を棚に上げた状態で言うようなことではない。

頭を勢いよく回転させ始めた優蘭は、女官に早速指示を出す。

「蕭《しょう》女官はこのことを知っている？」

「は、はい……」

「分かったわ、ありがとう。とりあえずあなたは蕭女官のところに行って指示を仰いで、通常業務を行なってちょうだい。いいわね？」

「はい、長官」

蕭麗月《れいげつ》。その人はもともと、優蘭の夫である珀皓月が、優蘭を一時的に補佐できるよう作った架空の人物だった。しかし今は本当にその名を持つ皓月の双子の妹が使って、女官として仕事をしている。

麗月もつい先日女官として本格的に働き出した女性だが、くぐってきた修羅場が段違いなのか適応能力が抜群に高く、直《す》ぐに仕事を覚えてしまったのだ。

同時に、さすが裏方仕事をしてきた珀家の血を継ぐ姫というべきか。優蘭の癖や苦手としている部分を見抜いて、先に先にと行動し補佐してくれるという有能っぷりを発揮している。

そんな彼女ならば、優蘭のやって欲しいことを瞬時に把握して的確な指示を出してくれるだろう。

そのことに安堵《あんど》しつつ、優蘭は新人女官たちが見守る中満面の笑みをたたえて健美省の勤め先、水晶殿《すいしょうでん》から楚々《そそ》と出ていく。

うんうん。これでなんとか威厳は保てたわね。

また優蘭が毅然《きぜん》とした態度でいれば、部下たちの精神状態も落ち着いて物事が円滑に進むという利点もある。現に優蘭の態度を見ていた女官たちは、安堵の表情を覗《のぞ》かせていた。

つまりこの作戦は有効だということである。

しかし部下の目が届かないところまでくると――優蘭は裳《も》を両手でひっつかみ、廊下を全速力で駆け始めた。

いやいやいやいやいや!?　徳妃様と婕妤様との喧嘩《けんか》は、本気でまずい！

徳妃とは、優蘭とも仲が悪い郭静華《じょうか》その人。

そして婕妤とは――つい先日後宮入りを果たした和宮《かずのみや》皇国の第一皇女のことだった。

祖国での名を和宮桜子《さくらこ》。そして嫁入りするにあたって皇帝から付けられた名が、巫桜《ふおう》綾《りょう》である。後宮での位は婕妤を与えられているので、通称は巫婕妤ということになる。

問題は、その桜綾が問題児で。後宮入りをしてから一週間しか経《た》っていないにもかかわらず、既に何十人もの妃嬪《ひひん》と衝突している、という点だった。

そして今回の相手が、あの郭静華である。正直言って優蘭は、この日がやってくるのを心の底から恐れていた。

だってあの徳妃様よ!? 喧嘩売られたら何しでかすか分からないじゃない……!

脇目も振らずに廊下を駆け抜けながら、優蘭は遠い目をした。そして思う。

この後宮が落ち着くまで、一体どれくらいかかるのだろう、と。

——優蘭の春は今年も例年通り、ひと騒動から始まったのだった。

# 第一章　妻、対応に苦慮する

何故《なぜ》、和宮《かずのみや》皇国の姫君が後宮にやってくることになったのか。

そもそもの発端は、今は亡き範浩然《はんこうねん》が行なっていた砒素《ひそ》取引だった。

──時は、今よりも二週間ほど前に遡《さかのぼ》る。


その日の昼過ぎ、優蘭《ゆうらん》は皇帝の執務室に呼び出されていた。

皇帝の執務室に呼び出された時点で既に若干嫌な予感がしていた優蘭だったが、でも問題という問題は全て解決したし……とも思う。なのでこの時点では心にある程度の余裕がある状態で入室をしたのだが。

執務室にいたのが皇帝である劉亮《りゅうりょう》、夫である皓月《こうげつ》。そして優蘭とは何かと顔を合わせている礼部尚書《れいぶしょうしょ》・江空泉《こうくうせん》だったという点から、優蘭は自身の考えがもろくも崩れ去っていくのを感じた。

皓月のみならず、空泉も大変疲れた表情をしている。そしてあの皇帝ですら、どことなく不機嫌な空気をまとっていた。あの、慇懃《いんぎん》無礼《ぶれい》、唯我独尊という四字熟語を体現したような生き方をしている皇帝が、だ。

え、ちょっと待って。まだ何も言われていないけれど、話を聞くのがすごく怖くなってきたんですが……？

今度は一体何が起きたのだろうか。そしてそれは、優蘭に対処可能なことなのだろうか。

そう考えてしまい、内心だらだらと汗をかいていると、空泉が話を切り出してきた。

「さて。此度《こたび》はご足労頂き誠にありがとうございます、珀《はく》夫人」

「いえ。それでご用件というのは、一体……」

「それなのですが……とりあえず、こちらの資料をご覧ください」

宦官経由で渡された資料に目を通せば、そこには『和宮皇国との交流を今後どうするのか』といった内容が記載されている。

和宮皇国というのは、黎暉大国《れいきたいこく》と古くから国交を結んでいる島国のことだ。小国ではあるが外交に力を入れており、特産品も豊富。周りが海に囲まれているということ、また鉱山が多いことから鉱物も取れるため、小国にしては資源が豊富に揃《そろ》っている。

黎暉大国的には攻め込みにくい地形だということから、属国にするのではなく友好国としての関係を築いてきた、というのが現状だ。

まあそれも、何度も攻め込んで攻め切れなかったからこその関係構築らしいけど……。

優蘭も何度も足を運んでいるが、真面目で働き者の人間が多く、外交に力を入れているというだけあり宿泊施設や飲食店が軒を連ねている。また娯楽施設もいくつかあり、それを含めて観光業全般も整っている印象だった。

そんな、古くから交流がある和宮皇国との今後の交流が何故、議題にのぼるくらいの問題になっているのか。

そのきっかけがどうやら、『故範氏が起こした砒素取引』らしい。

そういえば確か、あの砒素の入手先は和宮皇国だったわね……。

当時を思い出し、優蘭は苦虫を噛《か》み潰《つぶ》したような心地になる。

優蘭があらぬ罪を着せられ、危機にさらされた事件であり、優蘭が最も憎む砒素毒を使って暗殺者を作り出そうとしていたあの事件だ。

『醜毒《しゅうどく》の乱』と名付けられたそれは、無実の罪を被《かぶ》ったまま自殺した范燕珠《はんえんじゅ》が起こしたとされていた執毒事件《しゅうどくじけん》にちなんで付けられたらしい。

昨今の中では最悪とされる大事件に発展したそれを、優蘭は今後一生忘れることはできないだろう。

それは何故か。

主犯格とされる浩然は、優蘭がいまだに忘れられない異国の事件――とある令嬢が、美容のために飲んでいた薬を砒素毒と知らずに友人に渡し、意図せず殺害してしまった件――を知って、この作戦を思いついたというからだ。

同じものを見て、聞いて、感じてきた結果がこれなのだから、人間の認識というものがいかに多様なのかが分かる。

思い出すと未《いま》だに胸の辺りがむかむかするが、それを腹の内側にしまっておけないほど子どもでもない。なので外面を取り繕いつつ深呼吸をして怒りを鎮めた。続けて資料を読んでいく。

今回問題となっているのはどうやら、そのときに起こった砒素取引の謝罪として送られてきたもののようだ。

と言っても、謝罪品はごくごく普通。和宮皇国の特産品である海産物や塩、珊瑚《さんご》や真珠といった宝石類で作られた宝飾品や、銀細工などが名を連ねている。和宮皇国は細かな手仕事を行なえる職人を輩出している国なので、これといって意外でもなかった。

だがそんな中に一つだけ、とても場違いなものが記載されていることに気づく。

優蘭は思わず、資料を二度見した。

「ええ、っと、あの」

「はい、いかがいたしましたか」

「……謝罪の品の一覧に、和宮皇国の第一皇女殿下が記載されているのですが……これは一体……？」

優蘭の頭の中が軽く混乱している。まさか謝罪の品の中に人間がいるとは全く予想していなかったからだ。

その一方で空泉は、動揺など全くなくさらりと説明してくれる。

「ああ、はい。まあいわゆるところの人質というものですね。皇室に連なる者を送るくらい和宮皇国としては事態を重く見ていて、誠意を見せようとしているのだと思います。国家間だとよくあることですよ」

「そ、そうなんですね……」

「向こうとしては黎暉大国との縁もできますし、上手《うま》くいけば自身たちの血を黎暉大国に残せますから、一方的に悪いことばかりでもないのです。……まあ子どもを身売りに出しているのとなんら変わりはありませんが」

満面の笑みでとんでもないこと言ったわねこの人……。

確かにその通りなのだが、もう少し真綿にくるんだ言い方をしてもいいと思う。

優蘭も家の利益のために皓月と結婚したようなところがあるので理解はできるが、それを国家規模でやるとこんなことになるのだなと思い、勝手に感心する。

同時に今回呼び出された件がこのことに関係しているのだということを、優蘭は肌感覚的に理解した。

だって、江尚書がすごくいい笑みを浮かべて、皓月がそれをものすごく嫌そうな顔で見ているんだもの……。

ずっと思っていたが、この二人はどうしてこんなにも険悪そうな雰囲気なのだろうか。深掘りしたら完全に藪蛇《やぶへび》でいいことにはならなそうなので思うだけだが、とても不思議だ。

優蘭がそうやって静観しているのをいいことに、空泉は弾んだ声音で話を進めてくる。

「それにしても、流石《さすが》珀夫人。目の付け所が違いますね」

「と、言いますともしや」

「はい。もう理解していらっしゃるかもしれませんが、今回お呼びしたのはその第一皇女殿下についてなのですよ」

どうぞこのまま話を進めてください、という意味も込めてこくりと頷《うなず》くと、待ってましたと言わんばかりに空泉が新たな資料を提示してくる。

それに目を通した優蘭は、読めば読むほど頭が痛くなってくるのを感じた。

そこには黎暉大国側が調べ上げた、和宮皇国側の思惑についての予想が記載されていたのだ。

空泉を含めた官吏たちが危惧《きぐ》するのには、理由がある。それは、和宮皇国側の国家間的立場についてだ。

引き続き、空泉が詳しく説明をしてくれる。

「和宮皇国は黎暉大国だけでなく、杏津帝国《あんつていこく》とも同盟関係にあるのです」

杏津帝国というのは、黎暉大国の北東部、菊理州《きくりしゅう》と隣接している帝国のことだ。

そう。禁軍将軍である郭慶木《かくけいぼく》の妻、郭紅儷《こうれい》の故郷がある場所である。黎暉大国とは古くから敵対していて幾度も戦争を行なっており、しかし未だに決着がついていない。黎暉大国の皇帝が替わった直《す》ぐ後に杏津帝国側の皇帝も代替わりをした結果、ようやく休戦を結んだ国だった。

「まあそこまでならばよいのです。むしろ和宮皇国はこの際に、杏津帝国側との仲を取り持ってくれたという実績がありますから。しかし杏津帝国側とも仲が良いということは、もしものときに情報を売る可能性もあります」

「なるほど……」

「ですので陛下の統治になってからは、和宮皇国の姫を娶《めと》ることを意識的に避けてきたのですよ」

それを聞いた優蘭がまず思ったのは「陛下も、その辺りしっかり考えた上で妃嬪たちを選んでいたのね」ということだった。

自身の欲望に忠実なように見えて、なんだかんだ押さえるべきところはしっかり押さえていたというわけだ。やはり優蘭ではその思考全てを理解しきれないな、と実感する。

すると、今まで暇そうに欠伸《あくび》をしていた皇帝が声を上げる。

「それに余は、自分自身で庭に咲く花を選びたいのだ。他人から贈られてきたものなど、その辺りを考えておらぬだろう？　それがつまらなくてな」

……違った。割と私情も挟んでいたわ……。

どうしてこの人は、優蘭の中に芽生えたわずかな尊敬を、瞬時に消し飛ばしてくるのだろうか。そう思ったが、今更だなと我に返った。

そう、今更なのだ。元から優蘭の想像をはるかに超える行動をする人だった。なので勝手に優蘭が尊敬しそうになっただけで、本人としてはいつも通りなのである。

皇帝がその後も何やら言っていたが、愛想笑いを浮かべたまま流すことにする。心を無にしたほうが安全に過ごせるということもあるのだ。優蘭はそう自分に言い聞かせつつ、皇帝の話が無事終わった後に空泉に質問する。

「つまり。今回の第一皇女殿下の輿入《こしい》れは、和宮皇国側が意図的に仕組んだことだということでしょうか？」

「推測の域を出ませんが、恐らくそうでしょう。なんせ今回の謝罪品は、本来ならば支払わなくともいいものですから」

「……ああ、販売元の商人に全てを押し付ければいいだけですもんね。和宮皇国の国家が関与していたというわけではないのですし」

「はい、その通りです。さすがは珀夫人、理解がお早い」

「ありがとうございます。もったいないお言葉です」

妙に持ち上げてくるのをさらりと流しつつ、優蘭はさくさく話を進めた。

「謝罪品として姫を受け入れなければ話がまとまらないですし、外交問題になる。なので今回はやむなく受け入れる予定……という認識でよろしいでしょうか？」

「はい。それに……最悪の場合、和宮皇国側が杏津帝国側と結託して休戦を取り止《や》める理由付けにする可能性もあるのです」

「……え」

「ふふ。外交問題は本当に面倒臭いですよね」

空泉はにこにこ楽しげだが、優蘭からしてみれば恐ろしいことこの上ない。たったそれだけのことで開戦してしまうなんて、考えたこともなかったのだ。

優蘭の想像もつかないことが起こりかけている。それを改めて感じ、優蘭はごくりと唾《つば》を飲み込む。

するとと空泉は、薄ら寒くなるような笑みを浮かべながら優蘭を見た。

「ここまでお話しすれば、珀夫人ならご自身が何をすればいいのかお分かりになりますよね？」

「……後宮に輿入れをしてくる、和宮皇国第一皇女殿下の監視……でしょうか」

「はい、そのとおりです。ちなみにここでの監視は二通りの意味がありまして、一つ目が第一皇女殿下を通して和宮皇国の思惑を調べること。そして二つ目が、第一皇女殿下と妃《ひ》嬪《ひん》たちとの仲を取り持ち、戦争に発展しそうな行動を見かければ瞬時に割って入る、といった意味があります。……それは、分かっていますよね？」

ずしりと、重たいものが肩にのしかかったような心地になる。

半分くらいは、空泉による意図的な圧力だろう。どういった腹積もりでこのようなことを言ってきたのかは判断しかねるが、優蘭の実力と覚悟を試す意味がこもっているということくらいは分かる。

そしてもう半分は、優蘭自身が今の立場にまで上り詰めたからこその重圧だった。

……ようやく落ち着いて、今までよりも安心して暮らせるようになった後宮を、荒らして欲しくはない。

妃嬪たちにもようやく、心からの笑顔が見られるようになったのだ。それが曇るようなことは嫌だし、同時に優蘭が変なことをしたせいで今まで築いてきたものが崩れるのは恐ろしいとも思う。

しかも、優蘭の行動一つで黎暉大国が戦火に見舞われるかもしれないのだ。今までも責任重大だったが、今回は規模が大きすぎて想像がつかない。そういった不安が、胸の奥からちりちりと身を焦がしていく。

優蘭の表情がいつもより硬いことを瞬時に悟ったのだろう。皓月が苦言を呈した。

「江尚書。威圧的な物言いは慎んでください。それに、言わなくともいいことまで言っていますよ」

「そうでしたか？　ですが珀夫人にはわたし、大変期待をしているのです。この一年間で残した功績はもちろんのこと、今後もどんどん活躍して欲しいのですよ。ならばこちらの内部事情も把握していただくほうがよいと思ったのです。……現に、我が国は『醜毒の乱』もあり人員の見直しも多く、とてもではありませんが戦争など行なっている余裕はありません。珀右丞相《うじょうしょう》も、その点は理解しておりますでしょう？」

「っ、そのとおり、ですが」

「なら、珀夫人にもお伝えしておかなくては！　──なんせお二人は、ご夫婦なのですから」


夫婦。

そう、夫婦なのだ。夫婦になったのだ。──真の意味で。

今回の反応を見ても、皓月がこういったことに慣れていることは分かる。だから今回の件が寝耳に水、全く想像すらしなかったのは、優蘭だけだったということで。

きゅう、と。胃が縮んでいく気がした。きりきりとした痛みを味わうのは今更だが、今回は勝手が違う。なんせ失敗すれば、国そのものが被害を受ける。その事実が、優蘭に今までにないくらいの重みを感じさせていた。

そんなこと……私に務まる？

優蘭が再び、同じ深みにはまりかけた──そんなとき。

がちゃりと扉が開く音がして、どこからともなく声が響いてくる。

「……こらこら、空泉くん。歴の短い珀長官を怯《おび》えさせるものではないよ？」

柔らかい声音だった。男性にしては高めの声をしているが、ゆっくりとした口調で話すからか不思議と気持ちが落ち着く。

声の聞こえてきたほうは、執務室のとなり。優蘭が入ったことがない場所だ。

やってきたのは四、五十代くらいの、穏やかな笑みが印象的な男性だった。髪は明るい茶色で、瞳《ひとみ》の色も同じ。笑うと眦《まなじり》に皺《しわ》ができるため、余計優しい印象を与える。

一年後宮で働いてきたが、今日初めて見る顔だ。ならば下級、ないしは中級くらいの官吏なのかもしれない、と官吏服を見る前ならば思ったかもしれない。

しかしその官吏服が皓月のものより濃い紫色で、空泉にも気安く接していたことから、優蘭は彼の正体に当たりをつける。

……もしやこの方は……噂《うわさ》の杜左丞相《ときさじょうしょう》？

それならば、優蘭がこの場で取る行動は一つ。頭を下げることだ。

しかし。

「う、わあっ⁉」

優蘭が頭を下げるより先に、男性のほうが官吏服を踏みつけて床に倒れ込んでしまった。

広がる沈黙。

だがそれも一瞬、皇帝と空泉が笑い始める。

「お、まえ……ようやく現れたと思ったら、そのような情けない登場の仕方をするのか、陽明《ようめい》っ」

「相変わらず、お仕事以外のことはてんでだめですねえ、杜左丞相」

皇帝と空泉がそう言う一方で、皓月は溜息《ためいき》を吐いている。そして男性のほうに近づき、「大丈夫ですか？」の言葉と共に手を差し出していた。どうやら今回の溜息は、笑っているだけで手助けをしない二人に向けたものだったようだ。

身内のノリらしきものに全くついていけていなかった優蘭としては、皓月の存在だけが救いだ。なんだかとてもほっとする。

それに。

正直なところ……本当に助かったわ。

彼が現れていなければ、優蘭はどんどん深みにはまって、やがて身動きが取れなくなっていただろう。皓月はきっと助け舟を出してくれるし優蘭のことを守ってくれようとしただろうが、きっとそれではいけなかった。

だって……せっかく夫婦になったのに。これからは二人で頑張ろうって決めたのに。そんなの、情けない。

だから優蘭は、今回の偶然に心の底から感謝した。

そんな優蘭の心境など知らずに、皓月は丁寧にも紹介をしてくれる。

「ゆ……珀長官、お騒がせしてしまい申し訳ございません。もうなんとなく、予想はついているかと思いますが……この方は杜左丞相です」

「はは。ごめんね、皓月くん。いつも迷惑ばかりかけて……」

「いえ、気になさらないでください」

よっこらしょ、という掛け声とともに立ち上がった男性は、ここでようやく自己紹介をしてくれる。

「初めまして、珀長官。僕の名前は杜陽明。左丞相をやらせてもらっている、しがないおじさんだよ」

左丞相、杜陽明。

この一年間、黎暉大国を遠征していた、この国で最も高位の官吏だ。

皓月からちらほら話は聞いており、それはそれは優秀らしい。彼が慕っているということもあり、優蘭も顔を合わせるのを楽しみにしていた。こんな場面でなければ、もっと喜べただろう。

「は、じめまして。お噂は、かねがね……」

緊張していたためかこわばった声しか出なかったが、それを気にした風もなく。陽明は笑みを浮かべる。

「きっと、ろくでもない噂だろうなあ……」

少し遠い目をしながらそう言われ、優蘭はたじろいだ。

「え⁉　いや、そのようなことは……！　珀右丞相がとても尊敬できる方だとおっしゃっていたのですっ」

「そんなふうに言ってくれるのは、皓月くんだけだよ……でも僕も、会えて嬉《うれ》しい。あなたの話は、この一年で何度も耳にしたから」

「ははは。お恥ずかしい限りで……珀右丞相が支えてくださらなければ、どうなっていたことか」

「それは頼もしいね。僕も皓月くんには今まで、何度も助けられているよ」

うんうん、と何度も頷《うなず》く陽明を見て、優蘭はどこかほっとした。同時になんとなく既視感のようなものを抱いてしまい、内心首を傾《かし》げた。

ううん？　会ったこと……あったかしら。

先ほどまで緊張していたためそれどころではなかったが、こうして対面してみるとどことなく知った顔に見えてくる。しかしまじまじと観察するより前に、陽明がパンッと手を叩《たた》いて話を終わらせてくる。

「あ、そうだ。空泉くんがさっき言ったことはね、忘れて！」

「え」

「だってどういう意図であれ、あなたが後宮でやることは変わらないから。今まで通り問題が起きたら仲裁して、原因を追究して、妃嬪《ひひん》たちのことを第一に考えいいほうに転がるように尽力してくれれば大丈夫！　万事解決だよ！」

最後のはちょっと違う気がするのだが、それでいいのだろうか。

そう思ったが、思った以上に押しが強くてそのままうやむやになってしまう。

——というわけで優蘭は和宮皇国の第一皇女殿下が輿入《こしい》れをしてもいつも通り、後宮妃嬪たちを管理していくこととなったのである。

＊

そして話はふりだしの、徳妃《とくひ》・郭静華《かくじょうか》と婕妤《しょうよ》・巫桜綾《ふおうりょう》の衝突に戻る。

全速力で後宮内を駆けた優蘭は、衝突場所である玻璃《はり》庭園へと駆け込んだ。

玻璃庭園とは後宮に設置された温室で、まだ肌寒い日の多いこの時季に妃嬪たちがよく活用する憩いの場となっている。最近はもっぱら、早朝にここの草花を眺めながら朝餉《あさげ》を取るのが流行《はや》っているようだ。

それもあり温室は現在妃嬪たちで取り合いになっており、優蘭たち健美省《けんびしょう》がこの間利用予約を取って平等に皆が使用できるように環境を整えたところだった。

優蘭も昨年の秋頃に貴妃《きひ》・姚紫薔《ようししょう》と淑妃《しゅくひ》・綜鈴春《そうりんしゅん》との茶会で使ったことがあったので、その美しさはよく理解している。確かにここの草木を眺めつつ朝餉を取るのは、とても気持ちよさそうだ。

事件はどうやら、ここで起きているらしい。

温室に入室前に軽く身嗜《みだしな》みを整えた優蘭は、努めて冷静を装って現場に突撃する。

――現場は控えめに言って、最悪だった。

今にも食って掛かりそうなほど怒り心頭な静華と、それを必死になって止めに入る梅香《ばいこう》。

五彩宦官《かんがん》もいて、保守派の妃嬪たちを懸命に宥《なだ》めている。

かくいう保守派妃嬪たちは五彩宦官を「わたしたちが悪いんですか？　悪いのは向こうでしょう⁉」と言って責め立てているようだった。

その一方で、長い黒髪と黒玉のような丸い瞳《ひとみ》をした小柄な十四歳の少女――巫桜綾は、わんわん泣いて駄々をこねていた。

和宮皇国語で『わたしは悪くないもん！』と言ってわめいているのを、桜綾が祖国から連れてきた侍女頭・玉琳《ぎょくりん》が抱き締めて宥めている。

あまりにもひどい状況に、優蘭は思わず遠い目をして現実逃避したくなる。もしこれが他人事《ひとごと》だったのなら、全力で介入を拒んでいただろう。

しかしそれをぐっとこらえ、彼女は声を張り上げた。

「皆様、ご静粛に！　落ち着いてくださいませ！」

そんな言葉と共にやってきた優蘭は、妃嬪と女官、宦官たちからの視線を一身に浴びた。ちょうど最悪の状況下で登場したのか、妃嬪の一人があわや茶器の一つを投げようとしており、それを瞬時に回収する。

やめて！　これ、めちゃくちゃ高いやつだからやめて！

その妃嬪が実家から持ってきたもののようだったが、それでも高価なものを目の前でぶん投げられるのはたまらない。投げるならせめてそこら辺の鉢植えにして欲しい。

……そもそも、物を投げるのはどうかと思うけれどね⁉

うちの五彩宦官が怪我《けが》をしたらどうしてくれるのだ、と内心憤る。が、自分自身の精神状態もあまり思わしくないなと感じた。

だめだ。朝から全力疾走をしたせいか、頭が働いていない。

いや、そうだったろうか。それよりももっと前、具体的に言えば、空泉とやりとりをしたときからではないか――？

そう自覚しつつ、優蘭は桜綾から話を聞くことにする。静華と優蘭が話をすれば、事態がさらに悪化しそうだったからだ。

「あの、これは一体どういう……」

そう切り出し、桜綾自身から事情説明をして欲しかったのだが、それより先に声を上げたのは玉琳だった。

「桜綾様は現在、とてもではありませんがお話しできる状態にございません」

「え、いやですが、」

優蘭が何か言おうとした瞬間、肝心の桜綾がさらにひどく泣き始める。泣きじゃくりながら言っているため発音が悪く確かではないが、和宮皇国語で『わたしは桜綾じゃない！　桜子《さくらこ》よ……！』と言っているように聞こえた。

それを聞いた玉琳が『ああ、一方的に責められて、お可哀想《かわいそう》に……！　玉琳は桜綾様の味方ですよ……！』と言って宥めるので、全く収拾がつかない。

『どうして皆わたしばかり責めるの、わたしは言うとおりにしているだけなのに……！』

『そうですね、桜綾様。今日はもう戻りましょう。熱い緑茶をご用意しますから、ね？』

『緑茶なんて苦くて嫌い！　葛湯《くずゆ》がいいわ……！』

『かしこまりました。ではそのように』

そんな和宮皇国語でのやりとりを、優蘭はただ黙って聞いていた。介入しようにもできなかったのはあるが、なんというかものすごい違和感を覚えたからだ。

何かしら、この二人のやりとり……すごく、気持ち悪い気がする。

言葉遣い、仕草、視線の位置。そういった細かいがとても大切な信頼を示すものが、このやりとりには欠けているような気がする。しかし何がそんなにも気持ち悪いのかが、優蘭には分からない。あともう少しで何かが出てきそうな気がするのだが。
しかし優蘭がそれに辿《たど》り着く前に、玉琳は桜綾を連れて出て行ってしまう。その後につ
いていくのは、もう一人の和宮皇国から連れだって来た侍女と、桜綾付きを命じられた宮
女たちだった。
それを見送った優蘭は、ため息が漏れそうになるのをぐっとこらえて、保守派妃嬪たち
から話を聞くことにしたのだ。

昼前。優蘭と健美省の人員はようやく妃嬪たちから解放され、職場である水晶殿《すいしょうでん》に戻
ってきていた。
全員で情報を共有してすり合わせをするために会議室へやってきたのだが、正直言って
もう動きたくない。それは梅香や五彩宦官も同じだったようで、魂の抜けたような顔をし
て突っ伏したり、天井を見つめたりしていた。
あの自分にも他人にも厳しい梅香ですらくたびれているのだから、相当な負担だったこ
とは明白だ。
優蘭も同じ気持ちだったのでこのままぐったりと椅子に横たわりたいところだったが、
そこをなんとかこらえて皆に仕事をするよう呼び掛けた。
そう、これは仕事である。なのでそこをなんとか奮い立たせ、全員で確認した情報を共

有して木簡などにまとめ目で見て分かりやすいようにし、そもそもの原因は何だったのかを確認する。

それで午前中は潰《つぶ》れてしまったが、大事なことなので仕方がない。しかし揃《そろ》った情報を確認した優蘭は力のない笑みを浮かべて言う。

「いや……なんていうか本当に、朝からよくやるわね……」

それは、後宮内でも統率の取れた保守派に対して単身で喧嘩《けんか》を売った、桜綾に対しての言葉だった。

――事の発端はそもそも、桜綾が言い放った一言だったらしい。

そもそも、玻璃庭園に最初にいたのは静華を含めた保守派妃嬪たちだったようだ。

そして朝餉を揃って取っていたらしい。そんな最中に現れたのが桜綾だった。

開口一番、桜綾は言った。

「わたし、ここで朝餉を取りたいの。どいてちょうだい」

優蘭からしてみれば、何故《なぜ》その発言になった、と言いたい。喧嘩を売っている以外の何物でもない発言だったからだ。

しかも、現在利用しているのは静華。保守派貴族の中でも一番位が高く、それに合わせて気位が高いのだ。その上売られた喧嘩は買う好戦的な妃に対してそんなことを言えば間違いなく、即刻喧嘩になると優蘭でも分かる。

しかし意外にも、静華は怒らなかった。それどころか、桜綾が幼いこと、また黎暉大国に来て間もないということもあり、しっかりと「この場所は今予約制になっているのよ。利用したいならば健美省に行って事前予約を取ってからにしなさい」と言ったとか。とても大人で、それでいてまともな対応だ。

が。

桜綾はあろうことか、それを聞いて目を丸くした。そして玉琳に何かを言われてからみるみるうちに顔を真っ赤にし、「ふざけないで！」と激怒したらしい。

もう何がなんだか分からない。

それからはまあ、想像通り大喧嘩になり。静華の棘《とげ》しかない発言に心を痛めたのか桜綾がびゃあびゃあ泣き出して、梅香がやってきたそうだ。

梅香も慣れたもので静華をなんとか宥めたが、桜綾が「そんなんだから陛下とのお子ができないのよ！」というこの世で最も言ってはならないことを言ってしまい、再燃。保守派妃嬪たちもそれに対して憤慨し、取っ組み合いになりそうなのを五彩宦官が止めに入ったようだ。

まあ後は、優蘭が見た光景で決着。

——改めて確認しても、とてもひどい状況だった。

いや本当に……何がどうしてそうなるの……？

今回ばかりは、静華に心の底から同情した。そりゃあ妊娠しないことを引き合いに出されたら、怒るに決まっている。特に静華は後宮入りをしてから一年半くらい経っているため、本人も気にしているだろう。

まああの皇帝なので、時機とかを見計らっているだけなんだけれどね……。

皓月から聞いた話によれば、皇帝は賢妃《けんひ》・史明貴《しめいき》が突き落とされて流産した一件が片付くまでは子作りを極力控えようとしていたとか。でないと母子ともに自分が守り切れないと踏んだらしい。

その件も故範氏による策略だったことが判明したということもあり、これからは喜ばしい報告ももっと増えるだろうという情報が健美省のほうにも入っていたのだ。

その矢先に桜綾が後宮を引っかき回してしまい、どっと疲れが押し寄せてくる。

どうしたものか、とすっかり疲れた頭で考えようとしたところ、ふわりとかぐわしい匂いがした。優蘭が好きな緑茶の香りだ。

顔を上げればそこには、麗しい黒髪の美女がいる。

彼女――蕭麗月《しょうれいげつ》は優蘭と目が合うと、にっこりと微笑《ほほえ》んだ。

「お疲れ様です、優蘭様。どうぞこちらを飲んで、休憩してください」

「あ、ありがとう……」

手渡された茶杯を受け取って一口含めば、苦みの中に爽《さわ》やかな緑の味が広がって、すうっと鼻を抜けていく。まるで春に芽吹く新緑を彷彿《ほうふつ》とさせるこの味が、優蘭は好きだった。

優蘭の様子を確認した麗月は一つ頷《うなず》くと、手に持った盆に載った茶杯を全員に配る。

「はい。皆様の分もご用意していますから、お休みくださいませ」

「麗月さん、さすがです……」

「ありがたくいただきます……」

「うっ、うっ……。疲れた体に沁《し》みる……」

「美味《おい》しい……」

「この一杯のために生きてる……」

「……あんたたち、いちいち反応が大袈裟《おおげさ》なのよ。でもまあ……ありがと。いただくわ」

五彩宦官《かんがん》がしきりに感動しているのを見て、梅香がいつも通り呆《あき》れていた。しかしいつもよりは口うるさく言わないで自分も茶を飲んでいる辺り、疲れていたのだろう。麗月はそれを見てにこにこしている。

ほんと、すごくいい時機にきてくれるのよね。麗月って。

とても気遣い上手な点もそうだが、もうどうにもならない！　と一人じたばたしているときに来てくれて、さらっと良《い》い案を落としてくれる。そんな女性なのだ。

その上で皓月が女装していた頃の楚々《そそ》とした感じはなくさず、そこにちょっぴり茶目っ気を入れてすっかりこの場に溶け込んでしまったことが、本当にすごいと思う。

皓月同様ものすごく頼りになるので、今となってはなくてはならない存在だ。

五彩宦官と梅香の様子に優蘭も思わずにっこりしていると、麗月がそっと耳打ちをしてくる。

「優蘭様。おそらくこのまま考えていてもまともな案は出ないと思いますから、昼餉《ひるげ》にするのはいかがでしょう？」

「……確かに、そのほうがいいかも」

「はい。……優蘭様の昼餉はわたしがお持ちしますから、そのときに状況をお話しいただけたら嬉《うれ》しいです」

悪戯《いたずら》っ子のような顔でそう告げられ、どきりとする。そしてそのどきりが麗月に対してではなく皓月を彷彿《ほうふつ》とさせる顔をしているから……ということに気づいている優蘭は、ぐぬぬと内心唸《うな》った。

何より悔しいのは、麗月がそれを分かった上で優蘭に思わせぶりな態度を取っているということだ。

この兄妹《きょうだい》に弄《もてあそ》ばれている……。

心の中でそう呻《うめ》きつつ、優蘭は片手を挙げてこの場にいる全員に注目するように言う。

「さて、ちょっと聞いて。このままだといい案が出ないと思うから、ひとまず全員昼餉にしましょう」

『え、本当ですか！』

声を揃えて喜ぶ五彩宦官に、優蘭は苦笑する。

「もちろん。で、昼餉が終わったらここに再集合して今後の対策を考えます。昼餉後に一刻《二時間》あげるから、それまでに婕妤様が今まで起こしてきた問題のほうをまとめておいて頂戴《ちょうだい》」

「分かりました！」

「任せてください、長官！」

「はいはい、期待してるわ」

やる気をみなぎらせる五彩宦官にくすくす笑っていると、梅香が半眼になりながら指の骨をバキバキと鳴らしている。

「長官。わたしの仕事は、彼らの管理監督ということでしょうか」

『ひい』

情けない悲鳴を上げる五彩宦官。それに危うく噴き出しかけた優蘭は、ごほんと一つ咳《せき》ばらいをしてなんとかこらえる。それを誤魔化す意味も込めて、首を横に振った。

「梅香には別件を任せたいの」

「別件、ですか」

「ええ。婕妤様の女官たちがいたでしょう？　彼女たちに、昼餉の時間こっそり会って欲しくって」

そこまで言えば、聡《さと》い梅香は優蘭がやって欲しいことを瞬時に理解してくれる。

「なるほど、極秘の内部調査というわけですね」

「ええ、そう」

「分かりました、内服司《ないふくし》に頼んで下級女官用の服を借りてきます。そのままあちこち回ってきても構いませんか？」

「もちろん。宦官たち同様、昼餉後一刻《二時間》内に帰ってこれるなら、好きに時間を使って頂戴」

「御意」

さすが後宮一情報通の元内官司《ないかんし》女官と言うべきか。次に情報通で各所を動き回っていても疑われにくい内服司女官の服を選ぶ辺り、後宮での過ごし方を分かっている。今回の件を任せて正解だった。

優蘭も実感しているのだが、後宮内において衣の色というのは身分証と同義だ。なので着ている衣服を替えるだけで、周りの目を誤魔化せるということは実感済み。

特に健美省の女官服は色が薄いとはいえ紫で、周囲の視線を集めやすい。それはときには安心感を与えるものになるが、今回は警戒心を助長する色になってしまうのだ。

梅香もその辺りは言わずとも分かっているようで、本当に賢いなと思う。

どんどん成長していくわね……誇らしいことなのだけれど、同時に少し寂しい気持ちにもなるわ。

子の成長を見守る親心というのは、こんな感じなのだろうか。

そう思いつつ、優蘭は伝え忘れていたことを口にする。

「あ。内服司女官長が渋ったら、私を嵌《は》めようとした件をねちねちいじってあげて？　きっととっても喜ぶから」

「安心してください、長官。元よりそのつもりです」

……本当に逞《たくま》しくなったわね！

悪い意味で梅香に影響を与えていそうな気配を察知し、優蘭は思わずさっと目を背けた。横にいる麗月がにやりと怪しい笑みを浮かべていた気がしたが、そのまま触れないことにする。

そんなわけで健美省はひとまず、昼餉を取ることになったのだった。

麗月が持ってきた昼餉を、二人でしっかり完食した後。

優蘭は今回起こったことを麗月に伝えた。

それを最後まで聞いた麗月は、満面の笑みをたたえて言う。

「後宮に入ってから一週間で、九件の問題行動ですか。なかなかやりますね」

「ふふ……本当にね……」

そう。桜綾が問題行動を起こしたのは、今回で九回目だ。ちなみに今回の静華に対する失礼な行ないで、四夫人全員に喧嘩《けんか》を売った形になる。そこを全て網羅してどうするのだ、と優蘭は思った。

そのたびに仲裁に入る優蘭の身にもなって欲しい。そして桜綾には、妃嬪《ひひん》たちの寛大さをもう少し理解して欲しい。

まあそんなことを、本人がいないところで言ったって意味がないのだけれど！

「そもそも、婕妤様はなんであんなにも強気な態度なのかしらね……私が言うのもなんだけど、和宮皇国は守りには強いけれど黎暉大国に攻め込んで支配できるほどの人員はいないと思うのだけれど」

「そうですね、あくまで小国の島国ですから。立場的には、黎暉大国のほうが圧倒的に上でしょう。しかも婕妤様は謝罪品として嫁入りをされたわけですから、余計強く出られないはずなのですけどね」

麗月がばっさりと、だが的確に優蘭の言いたいことを言ってくれる。

そう。和宮皇国はそもそも、桜綾を謝罪品の一つとして寄越《よこ》したのだ。黎暉大国はそれを、事態を重く受け止めた和宮皇国側の誠意だと見ている。そして和宮皇国の裏に杏津帝国がいるかもしれないと懸念して、本当ならば受け取らないはずの第一皇女を受け入れたのだ。

ならば、送ってくる人選には気を使うはず。しかしやってきたのがあのわがまま姫ときた。もう本当に何がなんだか分からない。

優蘭は卓上に突っ伏しながら言った。

「というより、和宮皇国で有名な姫君って、第二皇女殿下のほうなのよね～」

「あら、そうだったのですか？」

「ええ。国民も第二皇女殿下にばかり目をかけていて、第一皇女殿下の話は正直、あんまり聞いたことがないわね……」

今思えば第一皇女のことがまるで亡霊のように扱われているのもおかしな話だが、それでやっていけてしまっていた和宮皇国がまずおかしいのだと思う。現地に赴いたことがある優蘭も、第二皇女のほうを気にかけていれば庶民から反感を食らうことはなかったし、生誕祭などが大々的に開かれていたのも第二皇女のほうだった。

え、ちょっと待って……？　第一皇女殿下の情報……何かあったっけ？

そういった人物情報に関してはかなり網羅している自信があった優蘭は、戦慄《せんりつ》した。そして、今の今までそれに気づかないでいた自分自身にも愕然《がくぜん》とする。

桜綾が嫁いでくることが判明してから一週間。そして桜綾が後宮に入ってから一週間も経《た》つ。その間に調べ物の一つや二つできたであろうに、何故《なぜ》やらなかったのか。自分自身が信じられない。

心の底から動揺して呆然《ぼうぜん》としていると、それを瞬時に感じ取った麗月が心配そうな顔をする。

「どうかなさいましたか、優蘭様」

「いや……婕妤様の情報をあまりにも知らなくて、こんなに期間があったのに調べていない自分に気づいて……それを今の今まで気づかなかった自分に落ち込んでる……」

「そ、そんなにですか……」

「うん……二週間もあったのに……」

「それは……婕妤様が入る前はその準備と新人教育、内部調整で忙しかったですし、入ってからは朝から晩まで問題行動続きで呼び出されていましたから、そちらに手が回らないのも仕方のないことなのでは」

麗月がとても優しい言葉をかけてくれるが、優蘭としては最も基本的な情報戦略ができていないことが本当に衝撃的だった。なので未《いま》だに立ち直れずへこんでいると、麗月が呆れた顔をする。

「……あの、優蘭お義姉様《ねえさま》。失礼を承知で発言させていただきたいのですが」

「え、あ、はいなんでしょう……？」

突如として「お義姉様」呼びをされた優蘭は、声色からなんとなく不吉なものを感じ取って思わず姿勢を正した。それを見た麗月が、真っすぐとした視線を向けてくる。

「お義姉様。お義姉様は自分でなんでもかんでもやろうとしすぎではありませんか？」

「いや、ええっと……でもそれがお仕事で……」

「もちろん、今まで……皓月が支えていた頃はそれでもよかったかと思います。ですが今はわたしに替わり、その上新人たちも増えた状況なのです。あなた様への負担は相当なものだと、わたしはそばにいて感じていますよ」

「ええ、そ、そうかしら……？」

人員も増えたし、むしろ割り振る仕事は増えた。なのでそこまで感じたことはなかったのだが。

しかし麗月はきっぱりと言う。

「そうです。わたしたちはなんだかんだ、後宮内という小さな場所でしか活動できませんから。外部と連絡を取る方法がないとは言いませんが、それでもお義姉様や皓月ほど自由にはできないのです」

「……あ……確かに……」

言われて初めて気づいた事実に驚いていると、麗月がさらに呆《あき》れる。

「そもそも、そういった情報は礼部からもらえるものではないんですか？　聞いた話ですと、どうやらそちらから話が来たようですし」

「あーそ、そうね……そういえばなかった……」

　というより、二週間前に江尚書から言われたことがどうしても頭をよぎって、礼部に立ち入りにくくなったのよね……。

　当たり前で当然のことを言われたはずなのに、礼部に行こうとすると呼吸が苦しくなって、自然と足が止まってしまう。そんなことで苦手意識を覚えるなんて、と頭では理解しているのにどうしてか無理で。

　だからか、後宮でのいざこざの対処を優先させようと自分に言い訳をして、今に至るというわけだった。

　なのでそもそも、こちらから話を聞きに行けていない、というのが真実だ。

　歯切れ悪く頷《うなず》いて目を逸《そ》らす優蘭を、見逃すような麗月ではなく。ずいっと視線を近づけると、目を細められる。

「……ここ数日ほど、ずっと感じていたのですが。優蘭様、最近おかしくありませんか？」

「……えぇーそんなこと……ないと思うけど……」

「いいえ、そんなことあります。もしかして……婕妤様のことを礼部から頼まれた際、何かありましたか？」

　ぎくり。

「具体的に言うなら、礼部尚書から何か言われた、とか」

「うっ」

「その何かが、未だに喉《のど》に刺さった小骨のように心に引っかかっていて、それで調子が出ない……ですとか」

「…………」

「……そうなんですね」

「……おそらく、は……」

いや、恐らくなんていう曖昧《あいまい》な表現ではない。その通りなのだ。

それでも優蘭がなんとなく認められないのは、自分がそんなことも容易《たやす》く乗り越えられないほどの人間だったと認めるのが怖いから。同時に、それを他人に知られるのが怖いと感じるくらい歳《とし》を取って、大きな役職に就いたということなのだと思う。

――というのをあの手この手を使って洗いざらい暴露させられた優蘭は、違った意味で精神がひどく疲れてしまった。

さ、さすが珀家の人間……穏やかなように見えて、とても押しが強い……。

優蘭がぐったりしている一方で、麗月は据わった目をして怒りを募らせている。

「ほんっとうに、男って生き物は結果ばかり求めて何いらない負担までかけてんのよ……そんなんだから奥さんができないのよ、江尚書……」

「ま、まあまあ落ち着いて……？」

驚きの辛辣《しんらつ》さだ。口調もいつもより荒いし、これは本当に相当怒っているな、と感じる。

すると今度は皓月のほうに飛び火した。

「そもそも、皓月もどうしてなんにも言わず、そのままにしているんですか。そこ、絶対に何か一言入れるべきですよね？　夫としてというより一人の男としてどうかと思いますよ、それ」

「い、いや、皓月はちゃんと庇《かば》ってくれようとしたわ。でもその後、杜左丞相がいらしてうやむやになってしまったというか……な、なので皓月は悪くないです」

「……ふうん？　皓月のことは庇うんですね？」

「……それは、夫ですし……」

麗月ににやにやとした笑みを向けられ、優蘭はたじろぐ。しかしその通りだったので訂正せずにいると、彼女が言った。

「まあいいです。わたしが気づいたということは、皓月もきっともう気づいていますし。今日の夜辺り、何かあるんじゃないですか？」

「え、ええーそんなことってある……？」

「あります。というより、今日中に優蘭様に対してなんの行動も起こさないようなら、兄としても男としてもちょっとどうかと思いますね……もし何もなかったら、わたしは明日以降、優蘭様をご自宅には帰しませんので」

それを聞いて、優蘭はまたまた冗談を、と笑った。麗月があまりにも本気だったのもあるが、どうしてもそれが現実に起きるとは考えにくかったからだ。

だって、皓月も忙しいし。最近も一緒の寝台で眠るようにはなったけれど、すれ違うことも多いし。そんな図ったように、今日行動を起こしてくるなんて考えられないわ。

そう思いながらも優蘭は予定通り、麗月や梅香、五彩宦官《かんがん》を交えた会議を終えた。そしていつも通り、馬車に乗って家路に就いたのである。

＊

それが、一体どうしてこんなことに……。

帰宅してから夕餉《ゆうげ》を取りながら、優蘭は自分の身に起きていることが理解できずに混乱した。それでも空腹には勝てないため、卓上の皿に箸《はし》を伸ばす。が、しっかり味わえているのかどうか分からない。

すごく事務的に食事をしている気がして、とても申し訳ないやら何やら。いつも美味《おい》しく温かい料理を提供してくれている料理長に謝りたい。

そんなふうにだらだらと冷や汗をかく優蘭の目の前には、にこにこ笑顔で食事を見守る皓月の姿があった。

「美味しいですか、優蘭」

「え、あ、はい。大変美味しいです……」

こくこくとまるで人形のように頷く。皓月が「よかった」と言っているのはいいのだが、その瞳《ひとみ》がまるで獲物を狙う狩人《かりゅうど》のようになっているのは、一体全体どういうことなのか。

しかも帰宅したら玄関の前で待ち構えてたのよね……。

それからなんとか食事を食べ切った優蘭だったが、食事後には風呂場まで付き添われてしまった。しかも、風呂から出たら羽織るものを持って待っていたのだが、これは一体。

なんというか……逃亡防止措置……みたいな？

そのようなものを感じる。その予想は的中し、優蘭は寝室に入って早々、皓月の膝《ひざ》の上に乗せられることになった。

「は、へっ？」

「早速ですが優蘭……洗いざらい、全て言っていただきましょうか」

「この状況下で、何をですか!?」

逃げようにも、後ろからしっかり腰に手を回されているので動けない。少しの間抵抗してじたばたしてみたが、うんともすんとも言わない。こんなに綺麗《きれい》な顔をしているのに力が強いなんてどういうことだろうか。

挙句皓月の顔が近くなって動揺してしまい、直《す》ぐにやめるという本末転倒な事態になってしまった。

そんな妻の奇行にまったく動じた風もなく、むしろ少し楽しそうに皓月が優蘭に顔を近づける。

「どうしました、優蘭」

「ち、ちょっと、その、近いといいますか……」

「寝ているときはいつも抱き締めて寝てますけど、それと同じですよね？」

同じだが、眠っているときは明かりがついていないので羞恥心《しゅうちしん》は今よりも低いのだ。

……いや、そういうことではなく！

優蘭は真っ赤になっている自覚がある顔を隠しながら、か細い声で叫んだ。

「あ、の！　私は何を洗いざらい吐けばいいんですか⁉」

「あれ、もう降参してしまうんですか……？」

「なんでちょっと残念そうなんですか⁉」

「少し楽しくなってきてしまいまして……」

照れたように言われると、可愛《かわい》いのでなんでも許したい気持ちになってしまうのは何故なのか。

ただこのままだとまともな言語を話せそうにないので隣に座らせてもらい、優蘭はようやく人心地ついた。

「それで……私は何を言えば？」

「……最近、何か悩んでいませんか？　たとえば、江尚書に言われた件ですとか」

悩んでいたことだけじゃなく、悩みの原因まで当てられてびっくりした。思わず皓月のほうを見れば、とても優しい眼差《まなざ》しが向けられている。

その目を見続けているのが苦しくて、優蘭は視線を膝の上にある手に落とした。互いの手をすり合わせながら、優蘭はそっと口を開く。

「どうして……分かったんですか」

こう言えば皓月が言ったことを肯定していることと同じだと分かっていたが、今更隠すつもりなどなかった。取り繕おうにも取り繕えないくらい、見透かされていると感じたからだ。

すると皓月はさらりと言う。

「様子がおかしいこと自体は、当日中に感じていましたね」

「え」

「ただ話がうやむやになってしまったのと、優蘭があまり触れて欲しくなさそうだったので、少し様子を見ようと思いました」

「そ、そこまでばれていたとは……」

「ただそれから避けられ続けたので、そろそろなんとかしないといけないなと思い強硬手段に出た次第です」

優蘭は、心の中で白旗を揚げた。避けていたことすら知られていたなら、もうどうしようもない。

優蘭は皓月に向き合い寝台の上で正座をすると、顔を上げた。

「そ、の。ご心配をおかけしてしまい、申し訳ございませんでした……」

「いえ、妻を心配するのは、夫であるわたしだけの特権ですから」

「あ、左様ですか……」

すごくいい笑顔で言われると、とてもこそばゆい。

そんな優蘭の頭を撫《な》で、皓月は首を傾《かし》げる。「言ってみてください」。そう言われているようだった。

その視線に導かれるようにして、優蘭は訥々《とつとつ》と話し始める。

「ええっと、ですね……」

「はい」

「……私、江尚書から婕妤様の話をされたとき、自分が国家間の問題……それも戦争に発展するほど重い責務を負うなんて、全く考えていなかったんです」

そう、優蘭はもともと官吏でもないし、貴族でもない。商人だ。商人同士でやり合うことはあっても、その場の判断で損得をするのは商会だけ。もちろん大損をすれば職を失うことはあっても、やり直しがきかないほどではなかった。

しかし今回は、優蘭の行ないによって最悪の場合、国民に飛び火するという。

戦争の恐ろしさを重々知っていた優蘭は、そのときのことを思い出してひどく怖くなってしまったのだ。

そう説明すると、皓月が首を横に振る。

「優蘭一人が背負う問題じゃありませんから、そんなに落ち込まないでください」

「……もちろん、規模の大きさに驚いたのもありますけど、それだけじゃないんです」

「……と、言いますと？」

「……皓月の妻として必要な知識の足りなさに気づいて、恥ずかしくなったんです」

空泉はあの日、優蘭と皓月が夫婦だということを殊更に強調した。

つまり彼は、優蘭に珀家の妻としての働きも含めて望んでいる、ということだ。

そして皓月の職務は右丞相、皇帝の宰相である。政治的な知識や駆け引きなど、基礎中の基礎だろう。なのに優蘭は政治的知識が乏しく、何をしたらいいのかさえ分からない。

それが、優蘭としては想像以上に衝撃だったのだ。

そこまで話して、優蘭は泣きたい気持ちになる。それをこらえるために俯《うつむ》いた。

せっかく、皓月と両想いになったのに。こんなことでへこたれているようじゃ、全く駄目だわ……。

なので「今の話は聞かなかったことにしてください」と言おうとして顔を上げた瞬間。

「わ、あっ⁉」

いきなり皓月に抱き着かれて、変な声を出してしまう。

優蘭が激しく混乱していると、皓月が叫んだ。

「あー！　わたしの妻が最高に可愛いです！」

「⁉　な、なぜ今そういう話に⁉」

「事実、とても可愛いです。好きです、大好きです愛しています」

「そそそ、それは私も同じです、けど、おっ⁉」

今度はそのまま寝台に一緒に倒れることになり、優蘭はまた素《す》っ頓狂《とんきょう》な声を上げた。

視界が目まぐるしく変化していく中、皓月と視線が合う。

その視線がとても真剣で。優蘭は一瞬、息を止めた。

「ねえ、優蘭」

「は、い」

「わたしは、優蘭がわたしのほうに歩み寄ろうとしてくれている。その事実がとっても嬉《うれ》しいんです。それこそ、胸が張り裂けそうなくらいに」

「……当たり前です。皓月の奥さんとして、周囲からも認められるくらいの人間になりたいですから。……まあそのためにじたばたして、結局空回りしていますけど」

そう、盛大な空回りだ、これは。しかもたった一人からかけられた言葉でこうも動揺してしまうとは。

お母様がこの場にいらっしゃったら、満面の笑みと一緒に淡々と怒られそう……。

そう少しひやりとしていると、皓月が優蘭の髪をひと房掬《すく》う。それを指に絡めながら、皓月は言った。

「実を言うとわたしは今、優蘭に対して相反する二つの感情を持っています」

「……二つ、ですか？」

「はい。このまま、何も知らないでいる優蘭を、安全な場所で優しく閉じ込めてしまいたい気持ちと、悩むあなたを支えながら、その先にある道を一緒に歩いてみたい。そんな気持ちです」

どきりとした。皓月の心の奥に、手を入れたような気持ちになったからだ。

いや、これはなんというか……無理やり手首を持たれて、手を入れさせられている、みたい、な。

皓月のほうが優蘭の髪を持っているのに。そんな感覚に襲われる。ぞわぞわするような形容しがたい感触を覚えながらも、優蘭は続く皓月の言葉を聞いた。

「わたしは、これ以上優蘭が傷ついたり、苦しんだりする姿を見るのが嫌なのです。だから、できるならこのまま健美省長官など辞めて、この屋敷で過ごして欲しい。そんな気持ちもあります」

「……はい」

「でもそれと同じくらい、あなたが切り開いていく未来を見てみたい気持ちもあるんです。優蘭はいつもわたしに新しいものを見せてくれますし、あなたがそうして突き進んでいく姿はまばゆくて、美しいので」

曝《さら》け出してくれているのだと、優蘭はすぐに分かった。あの皓月が、ここまで心を開いてくれるなど、少し前の自分では想像できなかっただろう。

彼が抱える仄暗《ほのぐら》い闇は、確かにそこにあって。そこに生身で触れている。それができるのが自分だけだという事実に、胸が震え高揚する。

これはきっと、独占欲だ。そんな皓月が見られるのが自分だけだということに対する、絶対的な喜び。それが見られるなら、彼の闇に触れ続けるのも悪くはないかもしれない。

──でも。

優蘭の中にあった答えは、そう考える前に出たものと変わりない。ただひとつだった。

優蘭はそっと両手を伸ばす。

「なら私はこう言います」

そして、皓月の頬を包み込むように、触れた。

「私のとなりで手を繋《つな》いだまま、一緒に歩いてくれませんか」

皓月の瞳《ひとみ》が見開かれていくのを見て、ああ、この答えは間違っていないなと直感する。

なので先ほどよりも身を寄せて、今度は彼の額と自身の額をこつんと合わせた。

「私、多分動かないということが、できない質《たち》なんです。だから安全な場所に居続けることはできません」

「……はい」

「そして。そうなったらきっと、皓月も苦しいと思うんです」

「……え」

「だって皓月は、私のそんなところも含めて好きになったんでしょう？」

麗月を意識して悪戯《いたずら》っぽく笑うと、皓月が困ったような顔をしてから笑った。

「それ、麗月に似てますね」

「あ、分かりました？　麗月を意識しました」

「やはり。……やはり、そうですか」

二回目の「やはり」は、優蘭が選んだ答えに対してだろう。

こうなることが分かっていて胸の内を曝け出してくれたのかと思うと、勝手に頰が緩んでしまう。それを見た皓月が、拗《す》ねたような顔をした。

「……わたし、何かしましたか」

「いえいえ。ただ、皓月の心の奥に触れられたのが嬉しくてですね」

そう言えば、皓月が珍しく頬を赤く染めてそっぽを向いた。恥ずかしがっているのは明らかだ。

そのことにまた感動してにやにやしていると、皓月が顔を隠しながら言う。

「と、とにかく。政治的な知識が欲しいようなら、わたしが幾らでもお教えします。なので、そんなに悩む前に、次からは教えてください……」

「あ、その点に関しては本当にすみません……なんというか久しぶりの感覚だったので、自分でも無自覚だったようで。今日の昼餉《ひるげ》後に麗月から指摘されて、自分がどうしてこんなにも悩んでいるのか自覚しました」

「……麗月のほうが先でしたか……悔しいですね」

「今日の夜に皓月が何も言わなかったら、明日から私を屋敷に帰さないとも言われました。まあ多分冗談だと思いますけど」

「……いえ、それは本気です」

「……え」

「というより、わたしが麗月の立場なら同じことをしますので……本当に油断も隙もないですね……」

皓月が「明朝に麗月宛《あて》の文をしたためねば……」と真面目な顔をして言っているのを聞

いて、優蘭は内心汗をかいた。

あ、あれ、本気だったのね……。

全くの冗談だと思っていたので、優蘭はもう少し麗月の言葉を真剣に受けとめたほうがいいかもしれない。

そう心の底から反省していると、皓月は「それはさておき」と話を戻す。

「優蘭が欲しいのは、巫桜綾……和宮桜子第一皇女殿下の情報ですよね？」

「あ、は、はい」

「その点なのですが、どうやら礼部も詳細を分かっていないようなんです」

「……ほ、本当ですか⁉　第一皇女殿下なのに⁉」

「はい。というより、恐らく意図的に隠されているのではないかと思います。出てきても第二皇女殿下の情報ばかりですし……礼部も現在悪戦苦闘中のようですよ。優蘭にあんなことを言うからです」

どうやら皓月は、空泉があの日言ったことをかなり根に持っているようだ。それもあり「もし江尚書から巫婕妤の情報は何かありませんか？　と聞かれてもそれはそちらが調べることでしょう？　と言っていいですからね」と釘《くぎ》を刺してくる。

相性悪そう……。

とは思ったものの、皓月の言うことは尤《もっと》もだったので、本当に何か言われたときは使おうと思う。

同時に、自分の情報収集が遅かったことがなんとか誤魔化せそうで不覚にもほっとしていると、皓月が言う。

「それにですね」

「はい」

「杜左丞相が仰《おっしゃ》るように、優蘭が後宮でやることは今までと変わらないんですよ。政治的な思惑がより一層絡んできますが、政治も商売も探り合い、自分たちが不利益を被らないように策を練り行動を起こすという、根本的な流れは変わりませんから」

「ああ、確かに……ということはやはり、杜左丞相は私のことを庇《かば》うために、一芝居打ってくださったのですね……」

「あ、つんのめったのは、間違いなく素です。そういう方なのです」

「…………」

「それ以降の会話は、恐らく意図されたと思いますが……」

皓月も言葉を濁すということは、それだけ計り知れない人物だということなのだろう。

優蘭としても、ちょっとよく分からなくなってきた。

それにやっぱり、会ったことがある気がするのよね……。

もう一度会えば思い出すだろうかとも思うが、相手のほうから何も言ってこないのが気にかかる。

ただ、そんなふうに庇ってもらえたのだ。優蘭もそれ相応の働きをして、見返してやらねばならない。

空泉に対するぞわぞわするような気持ちを跳ね除《の》ける意味も込めて、優蘭は胸元で拳《こぶし》を握り締めた。

「杜左丞相にそこまでしていただいたんです、私も打倒江尚書を目指して頑張らないといけませんね！」

「打倒なんですか……？」

「気持ち的には。こう、ぐうの音も出ないくらい完璧《かんぺき》な仕事をして、ぎゃふんと言わせてやるのが今の私の目標です」

「……逞《たくま》しいですね、わたしの奥さんは」

そう言い、皓月がぎゅっと抱き締めてくる。

未《いま》だに気恥ずかしさは感じるが、それ以上に幸福感を覚えて思わずにこにこしていると、皓月がむっとした顔をしているのが視界に入った。

え、かわいい。

しかも互いに寝転んだままの体勢なので、より一層可愛《かわい》さが引き立つ。

口に出さなかった自分を褒めてやりたいと思う。指摘すればもっと拗ねていたはずだ。

何とか本心を飲み込んだ優蘭は、首を傾《かし》げた。

「皓月、どうかしましたか？」

「……わたしが一番に優蘭に言いたかったのに、杜左丞相だけでなく麗月にまで先を越されるなんて、悲しいです」

「……なるほど」

拗ね方まで可愛いのは、どうにかして欲しい。普段は冷静かつ穏やかなので、このような姿はなかなか拝めないのだ。子どもっぽいと嫌う人もいるかもしれないが、優蘭としてはどんな皓月でも愛《いと》おしく感じてしまうくらいべた惚《ぼ》れなので、問題なかった。

そう、完全に気を抜いていたのがいけなかったのだろうか。伸びてきていた手に、優蘭は気づかなかった。

「んんうっ⁉」

気づいたら皓月に引き寄せられ、口を塞《ふさ》がれている。

何度口づけをしても慣れない優蘭は、びくりと体を震わせた。すると悪戯っぽく笑う皓月が、ぺろりと唇を舐《な》めている。

「妻の件で他人に先を越されて悔しいので、夫の特権を行使しようと思います」

「お、夫の特権ってなんですか⁉」

「はい。妻を徹底的に甘やかすこと、です」

「え、いや、ちょっと待ってくださ、心の準備、が、っ!?」

制止の言葉を言い切る前に、再度口を塞がれる。ぎゅっと抱き潰《つぶ》さない程度に密着した状態で角度を何度も変えて口づけを落とされ、甘い震えが止まらない。

恥ずかしくて目をつむるのに、苦しくて時折瞼《まぶた》を開けると熱を帯びた視線を一身に向けられているので、またぞくぞくしてしまう。でもそれに振り落とされまい、と優蘭は必死になって皓月の胸元を手繰り寄せた。

――その後、髪を梳《す》かれて、全身くまなく揉《も》まれて。恥ずかしさのあまり気絶するように眠ってしまったのは、また別の話だ。

# 第二章　妻、惑い選ぶ

陽明《ようめい》が桜綾《おうりょう》の祖国での情報を調べてくれる。その話によって、優蘭《ゆうらん》の中には確かな希望が生まれていた。

しかし現実というのはそう甘くなく、いつまでも待っていてくれるほど都合の良いものではない。

その証拠に、桜綾が後宮入りを果たしてから十日後に事態は大きく動いた。

恒例の茶会で、直接苦情を申し入れられることになったのだ。

「優蘭……そろそろわたくしたちも限界よ」

蘇芳宮《すおうきゅう》の中庭にて。

今回の茶会を開いた女主人、姚紫薔《ようししょう》は開口一番そう言った。

その場にいたもう一人の妃嬪《ひひん》、綜鈴春《そうりんしゅん》も同じく、両手を胸元でぎゅっと握り締め言う。

「珀《はく》夫人……どうにかなりませんか……？」

「そ、そうですね……」

目尻《めじり》に涙を溜《た》めてそう言われると、優蘭も罪悪感が倍増してくる。特に鈴春はどちらかというと儚《はかな》げな美少女なので、そういった行動は大変庇護《ひご》欲をそそられるのだ。

おそらく、この場に皇帝がいれば大抵のお願いなどほいほい聞いていると思う。特に鈴春はそういった可愛らしいお願いを滅多に口にしないので、飛びつくだろうなと優蘭は内心思った。

淑妃《しゅくひ》様からこれやられたの、陛下に知られたら恨まれそう……。

何より質《たち》が悪いのは、鈴春自身が無自覚にこういった絶妙な行動をしているということ。そして紫薔のほうは、鈴春を使ってわざとこのような状況に持ち込んでいる、ということだった。

つまり、あれなのよね……婕妤《しょうよ》様をどうにかして欲しいのは本音なんだけど、それ以上に現状がどうなっているのかを知りたがっているのよね、お二人は……。

桜綾に対する嘆願書自体は、中立派、保守派妃嬪たちそれぞれから昨日送られてきている。つまり今回の茶会兼苦情申し入れ会は革新派からの嘆願、ということになるのだが、それだけなら他の妃嬪たち同様、嘆願書でよかったのだ。それをわざわざ会ってやりとりをしたいということは、よっぽど何かがあるということになる。

そして彼女たちは皇帝の妃嬪、しかも四夫人たちだ。桜綾に対する扱いに政治的な問題が関わってくるのも、そして自分たちが関われば問題がより大きくなってしまう可能性が高いということも、しっかり理解しているのだろう。

その上で優蘭の友人として、手助けできるようなことがあればしたいと言っている。

だが、自分たちには妃嬪という立場がある。また、貴族の姫君でもあるのだ。考えるのはまず家のこと、次に主人であり夫である皇帝のことだ。友人だから手伝いたいなどという個人的な意見は、大っぴらには言えない。

でも、茶会の席で優蘭のほうがうっかりこぼしてしまったのなら？

それに対して、少しだけ助言するくらいなら？

ギリギリだが、許容範囲なのだろう。優蘭はそう受け取った。

そのために泣き落としてくるのは、ちょっとどうかと思うけれどね……。

内心苦笑を浮かべながら、優蘭は早々に口を割ることにした。

「あの、その件でお二人に少し相談したいことがあるのですが……大丈夫ですか？」

そう前置きをすれば、鈴春が分かりやすくぱあっと表情を緩める。それを見た紫薔がわざとらしく咳《せき》ばらいをして鈴春が慌てて取り繕った。それがなんだかおかしくて、優蘭はぐっと笑いをこらえる。

ああ、この雰囲気、久しぶりね……。

すごくほっとするような、いるだけで落ち着く空気だった。

中庭という、外と繋《つな》がっている空間で茶会を行なっているのもあるだろう。照り付ける日差しは強く、日傘を差していてちょうどいいくらいの暑さだ。紫薔自慢の薔薇《ばら》たちも皆一様に花をつけ、香《かぐわ》しい香りを漂わせている。

赤、白、薔薇色、桃色、黄色。

どの花も手入れをしっかり施されたことが分かるくらい、生き生きとしていた。

昨年の秋にもこの庭を見たが、あの時季よりも全体的に明るく、淡い色合いの薔薇が多い。薔薇の葉も深い緑ではなく若々しい黄緑色で、どれも春の訪れというのを強く感じさせる色だった。

ここにいると落ち着くのは、薔薇の香りには精神を落ち着かせる効果があるというのもあるかもしれない。

しかし今まで気を張っていたということ。こうしていつもの面々とゆっくり顔を合わせるのも久しぶりだったということもあり、我が家に戻ってきたときのような安心感を覚えた。

その気持ちを抱えたまま、優蘭はひとまずお菓子の準備をする。片手を挙げて合図をすれば、後ろに控えていた麗月《れいげつ》が颯爽《さっそう》と用意をし始める。

今日のお菓子は、胡桃《くるみ》と黒糖で作った餡《あん》を入れた饅頭《まんじゅう》と、卵と牛乳、砂糖を混ぜたものを器に入れて蒸し固めた、黄乳布丁《おうにゅうふちょう》だ。蒸した後雪の中で冷やしたもので、以前皓月《こうげつ》が出した白乳布丁よりも濃厚で、触感がよりしっとり、しっかりしている。

胡桃は美肌にも良いし、睡眠の質を高めてくれる効果がある。心的負担が大きいせいで不眠になっていたら、と思った優蘭なりの配慮だ。

また卵は滋味で産後の肥立ちにも有効と言われている。紫薔の出産から二ヶ月は経《た》っているがまだまだ栄養が足りない時期だろうと思い、今回はこの二品を用意してみた。

基本は乳母《うば》に世話を任せているようだが、乳は紫薔も与えているということで、蜂蜜《はちみつ》を使ったお菓子だけは入れないよう注意している。あれは赤子には毒と同じだからだ。

二人が一通り甘味を堪能《たんのう》したのを確認してから、優蘭は指を二本立てた。

「今回、婕妤様の件で二点ほど困っておりまして……」

「あら、どうしたの？」

「一点目は、大変お恥ずかしいのですが……婕妤様ご本人の情報が全く揃《そろ》っていないことです」

そう言えば、二人は丸い目をさらに丸くさせた。

「あの優蘭が、分からないの？」

「それは宮廷側も分かっていないということでしょうか？」

「……どちらもその通りにございます」

本当にとても恥ずかしいことなのだが、事実なので静かに頷《うなず》く。しかし二人の反応は、優蘭が予想していたものとは違い、妙に納得した風だった。

てっきり、失望されると思っていたのだけれど……。

そう考えていたのが伝わったのだろう。紫薔がふふ、と微笑《ほほえ》む。

「そんなことで失望したりはしないわ。ただ、そうね。情報がほとんどないというのは、やはり気になるわ」

「はい。現状で分かっていることはありますか？」

「ええっと、はい。といっても、本当にわずかなのですが……」

そう前置きをしてから、優蘭は和宮《かずのみや》皇家の家族構成を話した。

まず、皇帝である国主がおり、皇后がいる。そして皇太子、第一皇女、第二皇女の計三名が皇家の子息だった。

和宮皇国は黎暉大国《れいきたいこく》と違って女児に皇位継承権が与えられないので、実質後継ぎは皇太子のみとなる。

「和宮皇国では、この皇太子殿下と第二皇女殿下が有名なのですよ。民の間でも良き皇族として慕われており、彼らがいれば国は安泰だと言われています」

「へえ。具体的には何をなさっているの？」

「はい。お二人とも慈善活動に熱心で、よく地方にも足を向けられるのだとか。その際に民とよく話をされ、それを聞き入れ環境をより良くしようとしているそうです」

「まあ。大変ご立派ですね」

鈴春の言う通り、立派なのだ。二人とも文武両道、特に皇太子は他国に関する知識も豊富で、これから次代を担っていくに相応《ふさわ》しい人物だと言われている。歳《とし》は桜綾より三歳上だったか。

第二皇女のほうもそれはもう花のように美しい才女で、しかし決してそれを振りかざさず一歩引いて殿方を立てることができる少女だとか。こちらは桜綾の一歳下だ。

そして肝心の桜綾は、そんな二人の輝きに隠れるようにひっそりと生きてきた。

考えれば考えるほど、違和感だらけだった。

もう一つの違和感と言えば……。

そう思いながら、優蘭は指を二本立てる。

「そして二点目の問題は、どうやら婕妤様が私を含めた黎暉大国側の人間を遠ざけようとしているのではないか、という点です」

苦々しい顔をしながらそう言えば、二人が顔を見合わせる。そして紫薔が口元に扇を当てながら質問をしてきた。

「黎暉大国側ということは……女官たちもなの？」

「……そうなんです。どうやら必要最低限のことのみさせられて、そばにいる玉琳《ぎょくりん》様にべったりと張り付いているようで……」

先日騒動が起きた際、梅香《ばいこう》からこの話を聞いたときは本当に驚いた。そこまでするのかという驚きと、何故《なぜ》それでまかり通っていたのかという驚きである。

女官たちがそのことを黙っていたのは、職務怠慢を責められるのが恐ろしかったからだそうだ。

その理由こそ分かるが、おかげさまでさらに情報収集が遅れてげんなりしてしまったことを思い出す。

脳裏に浮かんだ苦々しい思い出をぎゅぎゅっと胸にしまい込んだ優蘭は、肩をすくめた。

「肝心の私はというと、近づこうとしただけでも避けられる始末でして」

「まあ……あの優蘭が手をこまねくわけね」

「大変お恥ずかしい話ですが……仰《おっしゃ》る通りです」

改めて、現状が何も進展していないということを感じ取って、優蘭は猛省した。何より情けないのは、各所から嘆願書がくるくらいのことを解決できていないこと。そして桜綾の件にかかりきりになり、他の妃嬪たちを蔑《ないがし》ろにしてしまったことだ。

今回も茶会に誘っていただかなければ、お会いする時間を取ろうともしなかったでしょうし……。

そう考え、自身の対応が後手後手になっていることを突き付けられた気がしてまた落ち込みそうになる。しかし皓月からの言葉を思い出し、ぐっと背筋を正した。

落ち込むなら幾らでもできる。今は、こうして与えてもらった機会を逃さず、次へと繋げていくことが先決だ。

優蘭がそう自分を鼓舞していると、紫薔が思案顔で口元に閉じた扇子の先を当てている。その様子に思わず首を傾《かし》げると、紫薔が優蘭を見た。

「ねえ、優蘭」

「なんでしょうか」

「現状で、でいいの。優蘭はどうして婕妤様がそのようなことをなされると思っていて？」

そう言われて、優蘭は少し考えた後答えた。

「考えられるものは幾つかありますが……やはり婕妤様自身が慣れぬ土地に戸惑い、後宮の妃嬪方《ひひんがた》と関係を持つことを拒んでいるのではないかと思いました」

「あら、それは何故？」

「以前、徳妃《とくひ》様に対して起こした騒動の際、黎暉大国での名を呼ばれることを嫌がっておいでだったからです」

巫《ふ》桜綾。

その名は、桜綾が黎暉大国の後宮に入るからこそ付けられた名前だ。本来の名をもじった名前だが、発音も何もかも違う。馴染《なじ》みがなく、自分の名前を呼ばれた気がしないのも仕方のないことだと思う。

「それに婕妤様は、和宮皇国語で玉琳様に泣きついておいでした。ですので黎暉大国の空気に馴染めず、外界の人間を追い払っているのではないかと考えているのですが……」

「その感覚には、わたしも覚えがあります」

鈴春が神妙な顔をして深く頷くのを、優蘭は複雑な心境で見つめた。約一年前、鈴春が後宮に馴染めずにいた理由も、生活様式や文化の違いだったからだ。

「私自身、淑妃《しゅくひ》様の件もありましたので、できる限り食事や家具などは、和宮皇国のものを揃えて配慮させていただいたのですが、どうやらそれでは足りなかったようで……」

「いえ、それは珀夫人のせいではありませんよ。不満や不安というのはもちろん出てきますが、それをすり合わせることすらしていない現状で、珀夫人は今できる最大限の配慮をしているかと思います。その点については、わたしが保証しますよ」

「淑妃様……」

「わたくしも、綜淑妃の意見に賛成いたします」

鈴春だけでなく紫薔も深く頷き、そう言ってくれる。

その上で紫薔は首を傾げた。

「ただ、一つ言わせていただいていいかしら？」

「は、はい」

「問題があるのは正直、巫婕妤よりも侍女頭と、彼女を含めた和宮皇国側の侍女だと思うのよ」

いまいちピンとこなかったためそう言えば、紫薔が少し驚いた顔をする。しかしすぐにハッと我に返った顔をして「そう、そうね。確かに思い返してみれば、優蘭たちが来る前の話ね、あれ……」と自己完結している。

なんのことだかさっぱり分からなかった優蘭だったが、その言葉を聞いて嫌な予感がする。そしておそらく、その予想は間違っていないはずだった。

「……もしかして私がいない間に、玉琳様は何かしていらっしゃるのですか……？」

その予想を口にすれば、紫薔が首を横に振る。

「いいえ。むしろ、何もしていないわ」

「……え？」

「本当に何もしていないのよ。巫婕妤と妃嬪たちとの間でいざこざが起こっても、侍女頭として自身の主人をたしなめることもしなければ、間に割って入るようなこともしていないの」

その話を聞いて、優蘭は思わず頭に手を当てた。優蘭の中の玉琳像がガラガラと音を立てて崩れていくのを感じる。

すると、鈴春も口元に扇子を当てながら呟《つぶや》く。

「……と申されますと？」

「言われてみればそうですね……いつも端にいて、人形のように控えているだけで……」

「ええ、そうなの。そして健美省《けんびしょう》の方々がやってきたら、間に割って入ってすぐさま退散していくのよね」

「そ、そんな流れだったとは……」

妃嬪たちから事情を伺ってはいたが、そんな話が出たためしがなかったので全く目が向かなかった。しかし考えてみれば当たり前のことで、桜綾への怒りで周りが見えなくなっているのだから、そんなことにまで気が付く人はまずいない。特に話を聞いた直後は、直情的になりがちだろう。

紫薔はさらに言う。

「あと気になるのは、巫婕妤の態度かしら。もちろん悪いのはそうなのだけれど、いつも一方通行なのよね」

「一方通行……ですか？」

「ええ。会話って普通、互いに相手の発言を聞いて、それに応対するものじゃない？　でも彼女は一方的に自分の意見だけを言っている。まあ確かにわがままだと言えばそうなのだけれど……あれはそもそも、こちらが何を言っているのか分かっていないのではないかしら？」

「……え。つ、まり……黎暉大国の言葉が理解できていないと……そういうことでしょう、か……？」

「ええ。発音がおかしいところもあるし、なんというか……あらかじめ覚えていた台詞《せりふ》を言っているだけ、みたいな。そんな違和感があるのよ」

優蘭からしてみたら、正直信じがたい話だ。だってそれくらい黎暉大国の言語は他国にも浸透していたし、黎暉大国はそれくらい大きく他国から見ても重要な国家、という認識を持たれていたからだ。

だから和宮皇国の商人とやりとりしていても、こちらに対する礼節はしっかり持っているし、黎暉大国語もしっかり理解している。もちろんそのことを逆手にとって、わざとこちらの不利になるような条件を吹っかけてくる人間もいるが、それは商人なので当たり前だと思っていた。

だが紫薔からの情報が間違っている可能性というのは、限りなく低い。それくらい優蘭は紫薔を信用していたし、紫薔もこんなことのために優蘭からの信用を落とすような愚かなことをするような女性ではなかった。

もしかしたら、もう一度妃嬪方に話を聞きに行ったほうがいいかもしれないわね……。

そう思った優蘭だったが、逆に紫薔がそれに気づいたのが意外だった。そう思ったので聞いてみる。

「貴妃《きひ》様の観察力は存じていましたが、まさかそこまで細かく相手を見られていたとは思いませんでした」

「ふふ。相手を観察するのは出方を窺《うかが》うのに大切だもの。……というのは本当だけれど、わたくしがそうやって冷静に観察できたのは、茶会の席でご一緒した妃嬪方のおかげだわ」

「といいますと……」

「だって彼女たちは、わたくしと巫婕妤が直接話をすることを許さなかったもの」

「ああ……」

それを聞いて、優蘭は納得した。

これも派閥の主人たちの性格によってくるのだろうが、保守派は静華《じょうか》自らがなんでも率先して前に出るため、口論になった場合は静華が相手になることが多い。

一方で中立派はそもそも争いを避ける傾向にあるため、話そのものを流すことが大半だ。もしどうにもならない場合は中立派筆頭の明貴《めいき》が出てきて話そのものをうやむやにするが、そもそも重要視されていないためそうなること自体が少ない。

そして革新派は、紫薔や鈴春が出てくるようなことが滅多にない。大半は周りにいる妃嬪、侍女たちが出てきて応対をしていることがほとんどである。その間に相手の出方を見て、劣勢に傾きそうな場合のみ紫薔が鮮やかに介入する、というのがお決まりの流れになっているらしい。

今回もその要領で、紫薔は周囲を観察していたのだろう。今回彼女からの指摘がなければ、優蘭が玉琳に注目するのはもっと遅くなっていたかもしれない。そう考えると、ひやりとする。

優蘭は深々と頭を下げた。

「貴妃様、大変ためになるご助言ありがとうございます。助かりました」

「あら、本当？　そう言ってもらえると嬉《うれ》しいわ。優蘭に頼られるのって気持ちがいいし」

にこにこした顔でそう言った紫薔だが、何故《なぜ》だか含みのある笑みを漏らす。

「ねえ、優蘭？」

「はい、なんでしょう？」

「もっといい情報があると言ったら、わたくしにどんなことをしてくださる？」

「え。……綺羅《きら》の新作化粧品をいち早くお取り寄せしますが」

瞬時にそう答えれば、紫薔はちょっとがっかりした顔をした。

え、何。他に何をお求めなの……。

優蘭はたじろいだが、続く言葉にさらに身を反らせることになる。

「わたくし、優蘭と珀右丞相《うじょうしょう》のお話が聞きたいわ」

「……えっ」

どうしてそんな話になったのだろうか。そう思ったのだが、なんと鈴春までもが目を輝かせて頷《うなず》いてくる。

「わたしもそのお話、伺いたいです！」

「どうしてですか⁉」

「だって……珀夫人、あれ以来わたしたちと恋のお話をなさっていないではありませんか……進展がとっても気になるんです」

あれ以来、というのはおそらく、昨年の秋に蘇芳宮の中庭で開いた茶会の話だろう。思えば今回と流れがとても似ている。ということは、前回同様洗いざらい吐くことになる可能性が高い、ということだった。

それはまずい、絶対にまずいわ……。

優蘭はなんとかして話を誤魔化そうと思ったが、紫薔がぶら下げている情報《えさ》が大変気になる。

同時に皓月のことを思い出してしまい、優蘭はひどく動揺した。ぶわわ、と顔が一気に赤くなっていくのが分かる。顔を隠そうにもできず、かといって動揺を押し隠そうにも脳裏に浮かんだ皓月とのやりとりが離れず、むしろ悪化してしまった。

もちろん、それを逃すような二人ではない。

紫薔は瞳《ひとみ》をこれでもかと輝かせて優蘭に迫り、鈴春はまあるい目をさらに丸くさせて今か今かと話を待っていた。

「ねえ、優蘭？　進展があったのであれば、助言をしたわたくしたちにも何か報告があるのが普通よね？」

「え、ええっと、え、え、」

「珀夫人。ほら、ただではありませんから、ね？」

その瞬間、優蘭の中で揺れていた天秤《てんびん》が大きく『情報』のほうに傾いた。

もういいや。この際だもの、羞恥心《しゅうちしん》なんて捨ててやるわ……！

完全にやけっぱちだが、今圧倒的に足りないのは桜綾に関する情報なのだ。情報がなければ、今回の一件の早期解決は難しい。同時にそれは、優蘭の職務における信頼と評価が下がるということだった。

せっかく築き上げてきた妃嬪方《ひひんがた》からの信頼がなくなるのは嫌だし、それにせっかく上がったお給料が減るのはもっと嫌だわ。最悪の場合、人員が減らされるわ、それは無理！

そうだ、給料が減るのだ。せっかくゆとりが出てきそうなくらいもらえた人員が減るのだ。減給はもちろんのこと、教育してきた時間と労力が無駄になるのは一大事である。それを手に入れるためならば、自分の恋愛話くらい幾らでもしようではないか。

優蘭の基本方針は、損か得かの二択である。

そんな彼女なので、二人の思惑に逆らえるわけもなく。

「全部話させていただきますッ!!」

さくっと自分の恋心を生贄《いけにえ》に捧《ささ》げ、情報をもらったのだった。

＊

優蘭がそうやって我が身を犠牲にしたからなのか。事態は大きく動き出すことになる。

革新派からの嘆願、もとい情報提供をしてもらった日の午後、優蘭は急遽《きゅうきょ》宮廷へ足を運ぶことになった。

理由は、宦官《かんがん》経由で皓月から緊急の呼び出しを受けたからだ。おそらく、桜綾の件だろう。情報が入り次第教えてくれると言っていたので、それだと判断する。

そのため優蘭は午後の仕事をある程度麗月に代わってもらい、右丞相の執務室にやってきたのだった。

入室の許可を得て扉を開けば、その場には既に皓月と左丞相《さじょうしょう》・陽明がいた。その中に空泉《くうせん》がいないのは、皓月の配慮なのだと思う。

そのことに少なからずほっとしている自分がいて、優蘭は軽く頭を下げて皓月に礼を伝えた。それが上手《うま》く伝わったらしく、皓月が微笑《ほほえ》んでくれるのが嬉しい反面、申し訳なくもなる。

でも本当に情けない話なのだけれど……今はまだ、面と向かって話ができそうにないから……。

そう自分に言い訳をしていると、陽明がにっこりと笑う。

「うん、珀長官も揃《そろ》ったね。じゃあ、緊急会議を始めよっか」

「はい。よろしくお願いいたします」

そう言った優蘭に、宦官が資料を手渡してくる。

優蘭がぱらぱらと資料を眺めていると、陽明が話を始めた。

「今回配った資料は、巫婕妤――和宮皇国第一皇女殿下の情報です。礼部《れいぶ》の情報網をもってしても有益な情報が入ってこなかったから、和宮皇国に赴いて協力者から情報をもらってきました」

「そ、そんな事態に……」

「そうなんだよ。でもそんなこと気にならないくらい、出てきた情報もひどかった」

とりあえず資料に全て目を通してから話を再開する、という形になったため、優蘭も本格的に目を通していく。そして前情報通りひどいものが連なっているのを見て、天を仰ぎたい気持ちになってきた。

え、何これ。…………なにこれ？

嘘《うそ》だというなら、誰かそう言って欲しい。むしろ嘘だと言って欲しいとさえ思う。

だがこの情報が正しければ正しいほど、現在後宮内で起こっている事態の説明ができてしまい、なおのこと頭が痛くなってきた。

そんな優蘭の心境を代弁するかのように、皓月が顔をしかめる。

「これが正しいのであれば……和宮皇国側は黎暉大国のことをさして重要だと思っていないことになるのではありませんか？」

「まあ、そうなっちゃうかなあ……」

陽明が困ったねえ、なんてのんびり言っているが、優蘭としてはそれどころではなかった。心中大荒れで、頭の中がぐるぐるしている。

記載されているのは、桜綾の他者から見た評価だった。

端的に言えば——わがまま。

詳しく説明するならば、姫であることを笠《かさ》に着て周囲に横暴を働くじゃじゃ馬、ということらしい。

わがままなあまり、専属の教師をつけても勉強を真面目に行なわず、それどころか逃げるか悪戯《いたずら》を働くばかり。侍女といったお付きの人間にも横暴な態度を崩さず、お茶がまずければ頭からかけたり、茶器を投げつけたりしていたらしい。

それに困り果てた帝《みかど》と皇后により、桜綾は表面上病弱で引きこもりの姫として扱われたが、それはどちらかというと幽閉といった扱いだったようだ。

その上、上と下には優秀な兄と妹がいる。それもあり、今まで存在自体なかったものとして扱われていたようだ。国民たちが知らないのも無理はない。

そういった経緯もあり、桜綾が話せるのは自国語のみではないかと推測され、とてもではないが他国に嫁げる姫君の基準に達していないと推測される――と資料は締めくくられている。

そんな姫君を寄越《よこ》してくるとはどういう了見だ、と優蘭は内心腸《はらわた》が煮えくり返るほど苛立《いらだ》ったのだが、皓月と陽明の考えは別のところにあったらしい。その証拠として、追加で資料を手渡される。

優蘭が力なく資料を見ていることを不憫《ふびん》に思ったのか、陽明が内容を簡潔に明かしてくれる。

「第一皇女殿下の性格は大問題なんだけど、それ以上に問題があってね。それが、第二皇女殿下の嫁ぎ先が、一週間前に決まったことなんだ。しかもそれが、杏津帝国《あんつていこく》でさ」

「……は？　あの杏津帝国ですかっ？」

「うん。個人的な意見になるんだけど、和宮皇国としては杏津帝国との関係を重要視していると思う。だから第一皇女殿下のことが邪魔だったんだろうね。でも基本的に姫君の嫁ぎ先は上から順に決めていくものだから、このままいくと第一皇女殿下を杏津帝国に嫁がせなければならなくなる。さあ困った。そうなったときに自国と黎暉大国とのいざこざが起きたら、皓月くんはどうする？」

「……お詫《わ》びとして第一皇女殿下を嫁がせお払い箱とし、それからすぐに第二皇女殿下の嫁ぎ先を公の場で発表する……でしょうか」

「まあ、そういうことだね～。そうすれば表面上は黎暉大国に対してきちんと筋を通しているということになる。表面上は、だけど」

そうですね。表面上過ぎますね。

疲労がどっときたためか、口を開く気力もない。ただ相槌《あいづち》を打つだけで精一杯だった。

そんな優蘭を置いて、二人は話を進める。

「問題は、向こうの立ち位置かな。現状を鑑《かんが》みるに、和宮皇国側はこちらを重要と思っていないみたいだし」

「そうですね。というよりこの別冊資料にある杏津帝国の内情を見る限りですと……むしろ、黎暉大国と決裂したがっているように思えるのですが」

「……え？」

皓月の言葉を聞いて我に返った優蘭は、急ぎ資料に目を通した。すると皓月の言う通り、杏津帝国の内情が記載されている。

杏津帝国はどうやら現在、内部分裂しているらしい。

現国王派はこのまま黎暉大国と協定を結んだままにして平穏な治世を続けたいようだが、戦争を希望する過激派が一定数いるようだ。その過激派の多くは、国境で防衛をしてきた貴族や騎士たちだという。

正直、過激派の気持ちは分からなくもない。というのも、優蘭は慶木《けいぼく》の妻である紅儷《こうれい》から菊理州《きくりしゅう》で何十年にも亘《わた》って断続的に続けられていた戦争の話を聞かされていたからだ。菊理州の人間は赤毛が多く、一方の杏津帝国国境付近の人間は藍玉《らんぎょく》のような瞳《ひとみ》をしている人間が多いということもあり、菊理州では決して修復できない関係性を「赤藍《せきらん》の仲」と言うとか。

紅儷は現在の協定関係を好ましく思っているようだが、長い間交戦を続けてきた年嵩《としかさ》の層は当時断固として徹底抗戦を望んでいたらしい。しかし国内の治世が揺らいでいる中では厳しいと、陽明に説得されてなんとかまとまったのだという。

黎暉大国側がこんな状態だったのだから、杏津帝国側も同じ状態だったのだろう。しかし国の主君が替わり方針を大きく変えたため、仕方なくその矛先をおさめたのだ。

つまり未《いま》だに、禍根がくすぶっている状態ということになる。

そのことに冷や汗が流れたが、それ以上に驚いたのはここまで杏津帝国側の情報がそろっていることだった。

「杏津帝国に黎暉大国側が入国できるのは本当に稀《まれ》で、未だにとても厳しく制限されているのに……よくここまでの内情を短時間でお調べになられましたね……？」

優蘭がそう感心していると、陽明がにっこり笑う。

「さすが珀長官、よく知っているね～」

「いえ、そもそもあの国への入国許可証を取るのが大変で……同時に商人同士の話で、入国時のいざこざや入国後の空気なども聞いていただけです。入国できても風当たりが大変厳しいので、情報収集にはご苦労されただろうなと……」

「その点はまあ、最近始めたものでもないし……色々と裏技があるものだから」

「なるほど」

それはつまり、結構な裏話を今聞いたということね……。

あまり深入りしすぎると危険が迫ってきそうな空気を察知したので、優蘭はそれ以上聞かず口を一文字に引き絞ることにした。

そんな優蘭の態度を見て安心したのか、陽明は数回うんうんと頷《うなず》いてから口を開いた。

「とりあえず、こちら側が仕入れた情報はこんなところかな」

「はい。ありがとうございます、とても助かります」

「いえいえ。その辺りの補佐をするのも、僕たちの管轄だからね。前まで皓月くんもやってくれていたでしょ？」

「はい」

その点に関しては真実なので、強めに頷いておく。

優蘭の様子を見て満足そうに笑った陽明は、今度は皓月のほうを向いた。

「とりあえず今回も事態が事態だから、もしかしたら皓月くんにもう一回、後宮に入ってもらうことになるかもしれないなあ……」

「そうですね。むしろ一度、どんな様子か目にしたいので、わたしのほうから願い出てもよろしいでしょうか？」

「分かった。噂《うわさ》の麗月くんにも会ってみたかったし、申請しておくよ」

その話を聞き、優蘭は陽明も皓月が女装をして後宮に潜入していたことを知っているのだなと思った。

まあそうよね。遠征に行っていたとはいえ皓月の上官なのだし、知ってないとおかしいわよね。

そう思ってから、優蘭はん？　と思った。そのため思わず口を挟む。

「噂の？　麗月が噂になっているのですか？」

「うん。陛下がどうやら、麗月くんに苦手意識を持っているみたいなんだよ～美しい花ならなんでも愛《め》でる方だったから、すごく意外で面白くてね」

初耳だったが、ちょっといい情報を聞けた気がする。

……つまり今後の陛下対応は、全部麗月に任せてしまえばいいってことかしら？

今後何かあれば全力で仕事を投げよう、と優蘭は心に誓った。

優蘭がそうしている間に、皓月と陽明が話を続けている。

「というか、まさか範浩然《はんこうねん》の件がこんな嵐を呼んでくるとはねー。あの男、死んでも僕らに迷惑をかけてくるとか怖いね」

「本当に最悪の置き土産ですよ……わたしは未だにあの男を許していませんからね」

「みんな、気持ちは同じだと思うよ。でも個人的には、範浩然の件を上手《うま》く和宮皇国側に利用されたのが悔しいかなー。砒素《ひそ》取引摘発の現場に行ったの僕だからさ、余計に腹立つよね～」

いやあ一難去ってまた一難とか、うちの国、心底運がないね！　と陽明が明るく笑ってぶっちゃけているが、その二つ目の一難である和宮皇国的お払い箱な姫君の対処をするのは優蘭である。なので思わずイラッとした。

するとそれを敏感に察知したのか、陽明が瞬時に姿勢を正して咳払《せきばら》いをする。

「ええっとですね。僕たちが考えなければならないことはやっぱり、第一皇女殿下……巫婕妤の後宮における扱いだと思う。珀長官、後宮は今どうなっている？」

「はい。昨日のうちに、保守派、中立派筆頭の妃嬪方《ひひんがた》から嘆願書をいただきました。そして本日の午前中に、革新派の妃嬪方が茶会にて嘆願されております。つまり、妃嬪方としましては、そろそろ精神的に限界かと……」

「そうか～まあそうだよね……」

「はい。ですが収穫がなかったわけではありません」

そう言えば、陽明が意外そうな顔をした。

「へえ、どうしたの？」

「はい。貴妃様、淑妃様から伺ったのですが……どうやら婕妤様自身をどうにかするより先に、侍女頭の玉琳様をどうにかしなければならないようなんです」

「……侍女頭に何か問題でも？」

皓月からの問いかけに、優蘭はこくりと頷く。

「どうやら彼女が、婕妤様の評判を下げる一因になっている疑惑がありまして。私たち健美省の人間がやってくるまでは黙って見ているだけのようなのですが、私たちがやってくると途端に婕妤様を止めに入っているようなのです」

「それは……またあからさまですね」

「はい。ですが今まで私たちは気づきませんでした。同時に妃嬪方としても、婕妤様に対する怒りのほうが大きく、その点が印象に残っていなかったのです。おそらく貴妃様がお気づきにならなければ、私たちが気づく前に大ごとになっていた可能性があります」

ここで言う大ごと、というのは、妃嬪たちが怒り狂い桜綾に手を出し、それが国際問題になる可能性、ということだ。嘆願書が届くくらい全員怒り心頭なので、正直あり得てしまう話だった。

そして紫薔から優蘭の恋愛話を生贄《いけにえ》にして聞き出したことと、優蘭が静華が温室で開いた朝食会で感じた違和。それらを併せた上で考えると、事態はもっと深刻だった。

「ここでの問題は、玉琳様が何もしていないことではありません。わざと、婕妤様の評判を下げている可能性が浮上したことなのです」

「……なるほど、侍女頭がですか」

「はい。というのも、どうやら言い合いになっている婕妤様を見て、笑っていたらしいのです。一侍女の行動としては、違和感があります。その上、今回調べていただいた情報によると、婕妤様はそもそも黎暉大国語を話せないご様子です。しかし、妃嬪方と言い合いになっている間は、拙《つたな》いながらも黎暉大国語を話していました。これって、おかしくありませんか？」

「……珀長官が何を言いたいのか、見えてきた」

一連の説明を聞いていた陽明が頷く。

「珀長官はつまり、巫婕妤は自分自身が妃嬪たちの機嫌を損ねるようなことを言っていないと、そう思っているわけだ」

「はい。推測でしかありませんが、挨拶《あいさつ》の言葉とか仲良くするための言葉だと言われて教えられたのかもしれません。しかし玉琳様の態度を見ていると、とてもではないですが婕妤様を敬っているようには見えないのです」

優蘭が温室でのやりとりに気持ち悪さを感じたのは、そこだった。

だって玉琳は、桜綾が泣いてまで今の名前で呼ばれることを拒んでいるにもかかわらず、『桜綾』と呼び続けていた。

まるでそのやりとり自体が、演技だとでもいうかのように。

話しかけようとしている優蘭の目を気にして、敢《あ》えて言っているかのように。

桜綾の祖国での名前を、和宮皇国語を使って話していたのに言わなかった。

優蘭の知っている侍女ならば、そんなこと絶対にしない。主人が粗相をしてしまったのであれば、主人を助けるより先に自分が謝ったり、途中で口を挟んだりするものだ。あれらのやりとりが、自身の主人の立場を大きく悪くすると分かっているはずなのだから。

同時に、言葉に発せずともにじみ出てくるのが主従関係というものだった。それはいくら砕けたやりとりをしていようが変わらない。

皇帝と皓月などはまさにその見本で、皓月は皇帝をぞんざいに扱っているように見えるが、同時に強く信頼してもしものことがあれば身を挺《てい》してでも庇《かば》うくらい、大切に思っているのが伝わってくる。

そういったことを二人に力説すれば、皓月は最後の話を聞いて照れた顔をしていた。

「そ、そのように見えていましたか……？」

「え、あっ！　ち、違いましたか!?　もしそうならば申し訳ございません！」

「い、いいえ……ただ、優蘭にそのように見られていたのだと思うと、少々気恥ずかしくてですね……」

「え。あ」

互いに顔を見合わせて、赤面する。そしてこの場が職場だということに気づいて、二人は揃《そろ》って陽明に頭を下げた。

『も、申し訳ございません！』

「いやいや～。新婚なんだから、それくらいじゃないと。むしろあんまりにも職場でそういった態度を見せないから、僕のほうから何かしよっかな～って考えていたくらいだし」

「……杜左丞相？　そういうことはたとえ戯《たわむ》れであったとしても、いかがなものかと思いますが？」

「すみません……絶対にやりませんので、そんなに冷ややかな目をして笑わないで……」

瞬時に謝罪の言葉を述べた陽明は、一つ二つと咳払《せきばら》いをして寵臣《ちょうしん》夫婦からのぬるい視線から逃れると、話を強引に戻してきた。

「……いや、でも珀長官の考えている説は有力だと思う。だって知らない土地で知らない言葉を話せるのはおかしいからね。頼れるのは自国からついてきた侍女たちだけだろうし、巫婕妤が信じるのも仕方ない」

陽明からそう言ってもらえた優蘭は、内心ほっとした。

よかった……ただの世迷言《よまいごと》だと言われたら、今からやりたいと思っていることが自信をもってできなかったかもしれない。

紫薔から話を聞いて仮定をした上で、後宮内の予定表を確認して出てきた案だったのだが、今までのようによしやりましょう！　と言えなかった。それはその案を実現させるためには今までなんて比ではないくらい多くの妃嬪や女官たちから助力を得る必要がある上に、失敗した際の危険性が高いからだ。だから優蘭は躊躇《ちゅうちょ》していた。

今まではがむしゃらに、ただ目の前のことだけ集中すればよかった。しかしこれからは周りの目だけでなく、自分自身の行動と発言に今まで以上の重みが出てくるのだと、今回の件で悟った。だからなのか、いつもより緊張して上手く言葉が出てこない。

しかし皓月が優しい目をして優蘭の言葉を待ってくれているのを見て、すうっと息を吸い込んだ。

……うん。何があってもこの人なら、一緒に乗り越えてくれるもの。

だから自分の今までの感覚を信じられなくなったとしても、大丈夫だ。

だって皓月が信じてくれているのだから。

それに。

私には、この後宮で守りたいものがある。

皇帝から賜った役目とは別に、優蘭は妃嬪たちが笑顔で過ごすその姿を見るのが好きだ。綺麗《きれい》になりたいと、愛されたいと。その思いのためだけに、たゆまぬ努力をする彼女たちが大好きだ。その裏にどんな思いが隠されていても、宝石のように美しい生き方だと思っている。

……そうだ。健美省の在り方。

健美省の在り方は、『後宮の女性たち全ての味方であり、決して敵にはならない』ことだ。

そして今優蘭が考えている案は、その在り方に則《のっと》っているはず。

そう思った優蘭は、意を決して口を開く。

「この推測を証明するために、実を言うとあることをしたいのです」

「案がもうあるんだ。それはなに？」

「はい。――婕妤様を、勉強会に参加させたいのです」

まず、勉強会に関しての説明をし、そのために必要なこと、必要なもの。そして起こりうる最悪の事態などを伝えると、皇帝の側近二人は顔を見合わせる。

「なるほど、確かに結構な重労働だ」

「危険性も高いですすし、珀長官がためらわれる理由も分かります」

しかし二人の表情は決して暗いものではなく、むしろどことなく乗り気だった。

「ですが、着想自体はとても面白いですし、上手くいけば危険性に見合うだけの結果が得られるかと」

「そうだね。珀長官がちゃんと危険性も考えた上でやろうとしているのも、僕はいいなと思った」

「そのお言葉を聞いて、安心しました……」

肩の力が一気に抜ける。優蘭が破顔すると、陽明は顎《あご》に手を当ててうんうんと何度も相《あい》槌《づち》を打っている。

「僕たちにはない発想だしね。気になる点を数か所詰めたら、時間もないし準備に移ったほうがいいと思う。僕はその間に、和宮皇国からついてきた侍女たちの情報も揃えることにするね」

「分かりました。でしたらわたしのほうは必要なものを融通してもらいに玉《ぎょく》商会に行ってきます。後宮に物を入れるのですから検分も必要ですし、早めに動かなければ徳妃様の堪忍袋の緒が切れそうですから」

「そうだね、奥さんの実家だし、皓月くんが行ったほうが話が早そう。今日の仕事はもう切り上げていいから、行っておいで」

「ありがとうございます、杜左丞相」

そ、そんなに早く動いてくださるとは……。

あまりの手際の良さに呆気《あっけ》にとられてしまったが、皓月の反応を見るに二人のやりとりはいつも通りなのだろう。いや、今まで二人が揃っていなかった状態が不完全だったのだ。

そっか。これが本来の、皇帝陛下の腹心たちの実力……。

優蘭はますます感心する。同時に先日会った際に感じていた既視感は、やっぱりただの勘違いだなと思った。

だってあのお客様は、こんなふうにきびきび話さなかったし。いつも自信なげで、へにゃへにゃしてたし。

「……というより話自体は聞いていたけど、僕がいない間にほんと、面白いものができてるよね。いいなあ、僕も現場にいたかった……」

……でもこういう発言が、あの人にとても似ているのよね。

だけれど今聞けるような雰囲気ではないしな、と思った優蘭は自身の疑問よりも仕事を優先させることにした。

予定の日時まで、残り三日しかないのだから。

しかし。

――ちゃりーん。

優蘭の中でいつも通り、銭の鳴る音が聞こえた気が、した。

# 第三章　妻、現状を打開する

『勉強会』。

それは、妃嬪《ひひん》たちから女官たちまで、位に問わず自由に受けられるものだ。勉学といった知識面だけでなく、礼儀作法や舞踏、雅楽といった実技面も教えている。

そしてここでいう教育者たちは皆、それぞれの分野に秀でた妃嬪たちである。

というのも、『勉強会』が作られた発端が昨年開催された『秀女選抜』で、言い出した人物が徳妃《とくひ》・郭《かく》静華《じょうか》だったからだ。

最初のうちは保守派の妃嬪たちが中心となって教育していたが、最近は派閥の隔たりなくその分野に長《た》けた妃嬪たちが請け負うようになっている。

あれから半年以上経《た》つが未《いま》だに定期開催しており、最近は健美省《けんびしょう》も介入することが増えた。教材の手配をしたり、内容の相談を受けたりもするようになっている。初めのうちは知識を押し付けるような教え方もあり少ない参加者しか集まらなかったが、現在はどの回でも一定人数が集まるようになっていた。

また静華などは集まる人数で革新派の面々に負けたくないらしく、より一層分かりやすい講義内容、教え方になるよう保守派妃嬪一丸となって臨んでいるらしい。それに対抗するべくどの派閥もいい影響を受け、講義内容もどんどん良くなり――と、『勉強会』は現在成長期にあった。

そんな積極的な活動もあり、最近は週に二、三回は定期開催できている。

今回の『勉強会』はそんな、闘争心が強めの保守派妃嬪筆頭、郭静華が指南役を務める回だった。

開催場所は『玉紫庫《ぎょくしこ》』の横にある部屋。

開催時間は偶中《午前九時～九時半》一つ時から一刻《二時間》ほど使って行われる。実際の講義時間自体は半刻《一時間》ほどで、残り半刻《一時間》は参加者が自由に調べ物や質問ができる時間となっていた。もちろん何もなければ帰ってもいい、という割と緩い感じになっている。

開催場所である教室は『勉強会』がない際は女官たちが寛《くつろ》いだり書物を紐解《ひもと》いたりするために自由に使っていい場所になっており、人の入りは日によってまばら。『玉紫庫』の書庫長である宦官《かんがん》に注意されない程度に騒がしい空間だった。

しかし今日は全席が埋まり、皆が揃って静かに前を向いている。まるで別の部屋かのようにいい意味で張り詰めた空間だ。

そんな場に、今日は一組の新入りがいる。

巫《ふ》桜綾《おうりょう》が率いる面々だ。健美省長官である珀優蘭《はくゆうらん》から「後宮の恒例行事なので絶対に参加をしてください」と言われたため、渋々この場にいる。侍女がいないと嫌だと駄々をこねたが全員は連れてこられないということで、今日は厳選した面々を連れてきていた。

ついてきている二名はどちらも和宮《かずのみや》皇国から連れてきた侍女である。

片方は侍女頭の玉琳《ぎょくりん》、もう一人が桜綾と同年齢の小柄な少女・雪花《せっか》という。玉琳も雪花も静かでまるで人形のように無表情な女性たちだった。雪花は縮こまっているのでより体が小さく見える。そんな二人は、桜綾が座る壁際の席、その横にすっかり溶け込んでいる。

今日の『勉強会』は、古典の詩をもとにした当時の文化解説である。

教師である静華がよく通る声で教本の内容を読み上げながら、分かりやすく解説をしつつ話を進めていく。

合間合間に辛辣《しんらつ》な言葉を真顔で言うのだが、それが勉学に慣れ親しんでいない層には面白く、そしてとっつきやすくなる材料になるらしい。静華の『勉強会』に参加したがるのはそんな女性たちだった。そのため教室内には時折小さな笑い声が上がる。

静華もそれを咎《とが》めたりすることなく、むしろそれくらい門戸が広くなければ学問を普及させられないということを分かっているため、逆に少し笑みを浮かべて喜んでいる。

そんな、張り詰めながらもどことなく緩んだ居心地の良い教室内で。

しかし一人だけ、居心地悪そうにもぞもぞと動いている少女がいた。

巫桜綾その人である。

教本を前にして一応座っているが、視線をあちこちに彷徨《さまよ》わせている。

隣に座る妃嬪の教本を覗《のぞ》いたり、壁際で待機している侍女たちを見たり。しかし侍女たちが助けてくれないと分かると、唇をぎゅっと噛《か》み締めて俯《うつむ》いた。その体がだんだんぶるぶる震え出す。

すると桜綾がいきなり立ち上がった。ガタリという大きな音に、周囲の視線が一気に集まる。それに怖気《おじけ》づいたらしく一瞬固まった桜綾に、静華の良く通る声が突き刺さった。

「巫桜綾。何か質問かしら」

「え、あ……」

「何かあるようならば言いなさい。発言を許します」

桜綾は口を開いたが、言葉を紡ぐことができず唇を戦慄《わなな》かせる。それを見兼ねたらしい玉琳が動こうとしたが、「あなたには聞いていないわ、そこにいなさい」と一喝した。

それでも、玉琳は介入しようとする。

「し、かし、郭徳妃様……我が主人は、」

「うるさいわね。黙らないようならばつまみ出すわよ？」

そう言われてしまい、玉琳は今度こそ押し黙った。

教室内の雰囲気がピリピリと張り詰めていく中、静華はもう一度口を開く。

「巫桜綾。もう一度聞くわ。どうかしたの」

「……」

「それとも……わたしの講義が分からないと。だから逃げ出そうとしたと。そういうことかしら？」

桜綾は俯いたまま何も言わない。しかし体はぶるぶると震え、両手はぎゅっと拳《こぶし》を握っていて、今にも怒り出しそうだった。

そんなとき。

『……もし』

流暢《りゅうちょう》な和宮皇国語が聞こえた。聞こえたのは桜綾のすぐ横からだ。

桜綾がハッと顔を上げる。そこにいたのは黒髪の女性だった。

歳《とし》は十代後半ほど。しっとりした濡《ぬ》れ羽色《ばいろ》の髪に、うっとりととろけそうな黒目をしている。肌は抜けそうなくらい白く、美しい。着ている若草色の襦裙《じゅくん》の質も良く、一目で両家の姫君だということが分かった。切れ長だがどことなく微睡《まどろ》んでいるような瞳《ひとみ》は、真っ直《す》ぐ桜綾を射抜いている。

彼女は目を見開いて固まる桜綾を見て、再度口を開いた。

『もし。わたくしの言葉が、お分かりになりますか？』

ゆったりとしつつも聞き取りやすい口調、感情を伴わない淡々とした声音だった。女性にしては低めな声ということもあり、ちょうどいい具合で耳に入ってくる。

『は、はい』

桜綾が思わず、といった感じで和宮皇国語で返答するのを聞き、彼女はこくりと頷《うなず》いた。

『静華様が、講義の内容がお分かりにならないのか、と聞いていらっしゃいます』

『それ、は……』

『ですがその様子ですと……そもそも、静華様が何を仰《おっしゃ》っているのかすら分かっていないご様子ですね』

桜綾が図星を指されたのか顔を赤くしたが、彼女自身は無表情のままで静華の元へ行き、何かを耳元で囁《ささや》く。それを聞いた静華は分かったというように一度頷いた。

それを経て、再度黒髪の彼女が戻ってくる。その手には椅子が握られていた。

彼女はぽかんと立ち尽くす桜綾を再度椅子に座らせると、自分も持ってきた椅子に腰を下ろす。

それを見た玉琳が何かしようとしたが、静華が鋭く睨《にら》んでいるのを見てさきほどの言葉を思い出したのか、ぐっと押し黙った。

その様子を尻目《しりめ》に、彼女は言う。

『婕妤《しょうよ》様は黎暉大国語《れいきたいこく》にあまり堪能《たんのう》でいらっしゃらないようですので、わたくしが横から通訳をしつつ、本日の講義を聞いていただきますね。次回はもっとやりやすいように修正させていただきます』

『……え？　それ、で……いいの？』

『もちろんです』

あまりにもきっぱりと言い切った彼女に、桜綾は目を白黒させる。それを見て、黒髪の彼女はああ、と納得した顔をした。

『婕妤様は、ご存じありませんでしたね。この勉強会はそもそも、勉学を満足にできない者たちに知識を習得してもらい、今よりももっと後宮をよくしたいという静華様の考えを、健美省長官であられる珀長官が実現させてくださったものです。ですので、ここにいるのは皆分からなくて当然の方々なのですよ』

『……分からなくて、とう、ぜん……』

『はい』

目を白黒させて頷く桜綾に対し、こくりと、黒髪の彼女は頷く。

『そして、もしそれで理解できない方がいたのであれば、それは教えた側の責任です』

『……え？』

『相手の実力を見極めて、相手にあった方法を探すのは、我々教師側の役目ですから。それができていないという時点で、生徒側を叱るなど言語道断。恥知らずもいいところです』

そんな黒髪の彼女が一瞬だけ、自身の背後──桜綾の侍女に目をやる。しかしすぐに戻し、桜綾の目を見て話を続けた。

『まあそれはあくまで理想論でしかありませんが、しかし目指すべきです。少なくとも静華様はそういった方針で、この勉強会を開かれています』

『そう、なんだ……』

『はい。そして静華様がそういった方針を掲げられておられる理由は、健美省の珀長官が仰ったことがきっかけです』

『……なに、それ』

黒髪の彼女が、その切れ長の瞳で桜綾を見つめる。

『珀長官は、仰られました。──健美省は、後宮の女性たち全ての味方であり、決して敵にはなり得ません、と』

『…………』

その言葉に対し、桜綾は何も言わなかった。ただものすごくこわばった顔をしている。

かく言う黒髪の彼女も、その反応に対し特に何も発せず、そっと片手を挙げた。

その言葉を境に、静華が再び講義を始める。どうやら、話が終わるまで待っていてくれたようだ。

『お話はこの辺りで。講義が再開されます。以降も勉強会の際はわたくしが付きますので、どうぞよろしくお願いいたします』

『……ええ。ところであなた、誰？』

そう言われて初めて、彼女が表情を動かした。「あ」という口をして目を見開いている。

『失礼いたしました。わたくしは、修儀《しゅうぎ》の位を賜っております、長孫爽《ちょうそんしょう》、と申します』

そう言って黒髪の彼女――爽は、見ている側が思わずうっとりしてしまうほど美しい礼をしたのだった――

＊

時刻は日昳一つ時頃《午後一時～一時半》。

健美省の勤務地『水晶殿《すいしょうでん》』の客間にて。

「――とまあ、このような形で。和宮皇国語で翻訳した教本と黎暉大国語のままの教本などもお試しで渡しまして、侍女頭にも再度釘《くぎ》を刺し、ひとまず、収まるところに収まった形になります」

桜綾が参加した『勉強会』に関する一通りの説明を終えた爽は、そう締めくくった。

喉《のど》を潤すべく茶を飲んでいる彼女の向かい側に座るのが、健美省の長官たる優蘭である。

望んでいた結果に終わったことを知った優蘭は、大きく息を吐き出した。

よ、良かった……。

そう。今回の『勉強会』を裏で色々と画策していたのは、優蘭を含めた健美省だった。

健美省側の目的は三つある。

一つ目は『桜綾が本当に黎暉大国語を習得していないのか確認すること』。

二つ目は『桜綾からの信頼を得た上で、居心地の好《よ》い場所を提供すること』。

三つ目は『玉琳と桜綾が離れられるような場所を作ること』。

どれも今後の目的達成のためには重要だったが、一番大切だったのは三つ目だった。四六時中張り付いている玉琳が口出しできない場所を、少しでもいいから作りたかったのである。

そのための準備期間は三日間だけ。しかしその間に、優蘭は後宮内全体を走り回って入念な根回しをして回ったのだ。これが上手《うま》くいかなかったら、さすがの優蘭も砂のようにさらさら散ってしまうくらい、立ち直るまでに時間がかかっただろう。

正直、それだけで今季分はもう働いていると思う。自分の今までの感覚が通用しないときは、神経質なくらい準備をしっかりしたほうがいい、と母からの教えと自身の経験を思い出した優蘭は、本当にこれでもかというくらい色々していた。

——全ては三日前の午後。優蘭が皓月《こうげつ》の執務室から戻ってきてから始まった。

優蘭が最初に行なったことは、妃嬪《ひひん》たちへの事前説明と根回しだった。

まず手を付けたのは、今回の『勉強会』で教師をする静華だ。

梅香《ばいこう》という絶対的な味方を連れた優蘭は、静華に桜綾を『勉強会』に参加させたい旨を伝えた上で、理由や条件などを提示。あの手この手で言葉を重ねた結果、見事許可を得たのである。

その翌日に四夫人全員を集め、桜綾がどうしてこんなことをしているのかを説明。その上で四夫人たちの力を借り、それぞれの派閥ごとに集まった妃嬪たちにも説明をしてなんとか理解を得た。

そして今回の『勉強会』に参加する予定の女官たちにも話をして、何があっても怒らないで欲しい、変な目で見ないで欲しいと、できる限り桜綾側に情報がいかないように言って回った——というわけだ。

女官たちに関しては半分くらい報酬の甘味につられて了承してくれたようなものだったが、結果良ければ全て良し、である。

と言っても、桜綾はこういう事情があってあんな横暴な態度を取るんです、なんて説明をしても、全員が納得してくれるわけがない。特に桜綾から喧嘩《けんか》を売られた当人たちは「だからどうした?」と思うのが普通だ。人の感情がそんなに単純でないことくらい、優蘭もちゃんと心得ていた。

なので優蘭は、桜綾でなく玉琳のほうに悪感情が向くように仕向けたのだ。

といっても、ほんの少しだけ誘導したくらいだ。

『婕妤様の侍女頭である玉琳様って、婕妤様が色々言っているときに何もしないのに、健美省の女官や宦官《かんがん》がくると介入してくると思いませんか？』

そんな感じのことを言えば、妃嬪や女官たちは「言われてみたら確かに……」と納得してくれた。結果として、ひとまず全員が表面上は納得してくれたのだった。

四夫人を含めた数十人の高位妃嬪たちには、改めて別室で政治的な話を包み隠さずしたのも、全員が了承した理由の一つである。

特に静華はてきめんで、桜綾に怪我《けが》をさせたら皇帝に迷惑がかかるかもしれない、ということを伝えると怒りをなんとかおさめてくれた。皇帝に対しての敬愛がこんな風に活用できるとはさすがの優蘭も想像していなかったが、よかったと思う。

もし玉琳にそういった意図がなかったら申し訳ないとは思うが、こんな状態になるまで自身の主人を放っておいたのは彼女自身だ。侍女頭の職務は自身の主人を守ることなので、それを怠ったことを反省して欲しい。

今まで散々迷惑をかけられてきた優蘭個人としてはそう思うが、今回の件にはもう一つ意図がある。

玉琳の行動を、周囲に監視していて欲しかったのだ。

おそらく玉琳は、周囲の目が桜綾に向くのをいいことに好き勝手していたのだろう。しかし今回の件で玉琳のほうに視線が向けば、彼女とて簡単に動けなくなる。

それは同時に、後宮の治安維持にも繋《つな》がるのだ。

桜綾に目が向いているうちに、妃嬪たちに何か仕掛ける可能性というのもあるのだから。

──そんなこんなで、色々あって現在に至る、というわけだった。

とりあえず全ての目的が達成されたことを確認した優蘭は、改めて協力者の一人である修儀・長孫爽に頭を下げた。

「修儀様。この度はご助力、誠にありがとうございました」

「いえ。わたくしも、珀長官には日々お世話になっておりますから。日頃の恩返しも兼ねて、ですよ」

爽はそう言って、はにかむ。

彼女は修儀。そう。皇帝が胡蝶蘭《こちょうらん》の銀簪《ぎんかんざし》を贈るくらい深く寵愛《ちょうあい》を示している、保守派妃嬪の一人だった。歳《とし》は十八だが、ひどく大人びていて大概のことを軽くこなしてしまう優秀な女性である。

同時に、『勉強会』に積極的に参加して盛り上げていこうとしている妃嬪だった。知識が豊富で、後宮内だと優蘭に続いて多言語を習得しているのだ。もちろん和宮皇国語もすらすら話せる。

静華とは違い物静かであまり主張しない穏やかな性格をしているということもあり、優蘭も秀女選抜後に関わるようになってからは懇意にしていた。

そういった理由から爽が桜綾の担当になるように仕組んだのだが、やはり優蘭の考えは正しかったと改めて思う。

特に感動したのは、さりげなく健美省の方針を桜綾に対して説明してくれた点だ。優蘭は正直、そこまで求めていなかったのだ。

本当ならば後宮に来たときに説明するつもりだったのだけれど……私のことは最初から拒絶していたし、早々に問題を起こされてできなかったのよね。

しかし今回桜綾に方針説明をしてくれたことで、彼女の警戒を解く一因になったのではないかと思う。

なので、誇張ではなく爽に優蘭は賛辞の言葉を述べる。

「だとしても、私ども健美省の方針説明までしていただいたこと、また婕妤様が『勉強会』に再び通いやすいような配慮をしていただいたことは、本当に素晴らしいことです」

「い、いえ……健美省の方針も『勉強会』の方針も事実ですし……そこまで言われますと、照れてしまいますね……」

普段はあまり感情の起伏が激しくない爽がそんな風に顔を赤らめるのは、とても珍しい。どうやら本当に褒められ慣れていない様子だった。それもあり、優蘭は思わずにこにこしてしまう。

これがきっかけで、少しでもいいから健美省を信用してくれたら嬉《うれ》しいのだけれど……

それはさすがに、高望み過ぎね。

今回優蘭が出て行かなかった理由は多々あるが、一番は玉琳が優蘭を悪し様《あ》に言っている可能性が高いと思ったからだ。特にそれを強く感じたのは、健美省長官として桜綾に『勉強会』参加を強制したときだ。

あのときの婕妤様は明らかに、警戒した様子だったのよね……。

まるで猫のように、桜綾は優蘭に対して怯《おび》えと威嚇の混じった態度を見せた。試しに玉琳のほうを見てみたがツーンと白を切られたので、可能性は高いと優蘭は踏んでいる。

同時に、玉琳にとっては盲点であった爽を少しでも近づけることができたのは本当に良かった。今頃、玉琳はとても焦っているだろう。

そう考え、内心安堵《あんど》の息を吐いていた優蘭は、爽がぽつりと呟《つぶや》いた言葉を聞いて目を瞬《しばた》いた。

「……そ、の。わたくしの行動は、陛下への恩返しになりましたでしょうか」

「それは……もちろんです」

「なら、婕妤様の中の静華様に対する評価は、向上できたでしょうか」

「……それは」

「その、実を言いますと、わたくしが珀長官からのお願いを承ったのは、そういった理由からなのです」

淡々とした、しかしほんの少しだけ熱を帯びた声音で、爽は語る。

「静華様と婕妤様の邂逅《かいこう》は、決して良いものではありませんでした」

それは、玻璃《はり》庭園で起きた騒動のことだろう。確かにあの場には爽もいて、静華を宥《なだ》めるのを手伝っていた。

「その、静華様は分かりにくいですが、自身の懐に入れた人間にはとてもお優しいのです。わたくしも、陛下にお気遣いいただいて静華様の庇護《ひご》下である保守派に入っていなければ……きっと、今のような生活はできていなかったと思います」

その言葉には独特の重みがあった。爽が今までどのように扱われてきたのかが、なんとなく伝わってくる。

優蘭も深く事情を聞いていないが、爽は元々、困窮した平民の娘だったらしい。顔の良さから幼い頃、貴族に買われたそうだ。しかし元々が平民だったということもあり養子先では使用人同然の扱いを受け、その上で将来は後宮入りをして皇帝の寵《ちょう》を得て家の利益になることだけを望まれた。その際の教育も、ひどいものだったらしい。

しかし爽はそれを耐え抜き、本当に皇帝の目に留まった。

そして、先ほど話したことに繋がるのだろう。

それを悟って、優蘭はふっと笑った。

「聞いた限りの印象ですが、少なくとも悪印象にはならなかったと思いますよ」

「ほ、本当でしょうか……？」

「はい。それに徳妃様が本当に後宮内の水準を高めようとされていることは、『勉強会』での姿を見ていれば分かってくるかと思います。ですので修儀様は、大変良いきっかけ作りをされたかと思います」

「そう、ですか……それならば、良かった……」

そう呟いて詰めていた息をほう、と吐き出した爽だったが、ハッとした顔をして謝る。

「そ、その、完全な私情で協力してしまい、申し訳ございません……」

「いえいえ、むしろ私個人としましては、そういった理由があるほうが安心します。やはり互いの損得は大切ですから」

「そ、そうでしょうか……」

「はい。そうなのです」

「……ふふ。そういった部分が、珀長官のらしさなのでしょう、ね……」

そう言って爽が微笑《ほほえ》みを浮かべたが、直《す》ぐに表情を曇らせる。

「……ですが……本当に、よかったのでしょうか」

「何がでしょう？」

「今回の『勉強会』が上手《うま》くいったのは、わたくしの行動より、珀長官を含めた健美省の方々の尽力があったからです。あれがなければ、婕妤様があの場におられること自体を厭《いと》う方もおられたでしょう」

「そうですね」

「わたくしは、珀長官がどれだけの尽力をされて、婕妤様を『勉強会』に参加させたのか、知っています。だから思ってしまうのです。それを知れば、婕妤様も心を開かれるのではないか、と。……わたくしがその手柄を独り占めしているようなのが、とても心苦しいのです」

　その言葉から、爽が本気で健美省の努力を評価してくれていることが窺《うかが》える。同時に、結果的に自分が一番得をしているということも気にしていて、その自己評価の低さに優蘭は思わず破顔した。

「確かに今回私ども健美省は、寝る間も惜しんで根回しや準備、また今回の目的や今後の方針の説明などをやらせていただきました」

「……はい」

「正直、ここ数年のうちでやってきた仕事の中でもかなりしんどかったですね……」

「そ、そうですよね……」

遠い目をして彼方《かなた》を見つめる優蘭を見て、爽はあわあわとしながら相槌《あいづち》を打った。

そんな爽に笑いつつ、優蘭は追想する。

この三日間、優蘭は屋敷に帰宅していない。そんな暇はなかったからだ。

ついでに言うならば、新人たちの前では被《かぶ》っていた猫を今回は完全に取った。それよりも優先するべきは準備を間に合わせることだったからだ。

外面なんてそんな無意味なもの、犬にでも食わせておけばいいのよ！と最終的には開き直って仕事をしていたが、今思えば何故《なぜ》猫を被っていたのだろうと思う。

まあそんなことはさておき。

皓月の協力もあり、玉《ぎょく》商会経由で黎暉大国語を学べる教本などを二日で揃《そろ》えるよう手配をかけたり、現在黎暉大国語で書かれている教本を優蘭自身が和宮皇国語に翻訳をしたりしている。皓月や陽明《ようめい》まで翻訳を手伝ってくれた時は、疲労も相まって号泣しかけた。

未《いま》だに別の教本の翻訳も続けているが、もしこれを桜綾が使ってくれなければ優蘭の苦労は水の泡だ。

そんなにたくさん気にかけているのに、肝心の桜綾はそれを知らないどころか健美省を忌避している。それは確かにひどい話だと、個人的な感情としては思うだろう。

しかし。

「ですが。健美省の目的である三点は、無事に達成されたのです。ならば何も問題ないのですよ。その結果として婕妤様が修儀様を信用してくださることは、こちらとしても僥倖《ぎょうこう》ですしね」

「……そうです、か？」

「はい。その上で修儀様は陛下からの信頼を得て、静華様から何か褒美をいただくことになろうと、修儀様の手柄であることには変わりありません。なんせそもそも、修儀様が成功させなければそんな結果にはなりませんでしたからね」

「それは……確かにそうです、が……」

未だに納得していない様子の爽を見て、優蘭は「陛下が寵愛するのも、徳妃様が可愛《かわい》がりたくなる理由も分かるわね……」と思った。

誠実で、芯《しん》が強い。だから、敵対派閥の優蘭のこともちゃんと正当な評価をされて欲しいと思うのだろう。それは理想的な考えで、清く美しい。今まで色々な苦労を重ねてきたとは思えないほどだ。

しかしだからこそ、優蘭は言う。

「それに、健美省にもちゃんと益はあるのですよ。私は上官からお褒めの言葉をいただけますし、婕妤様以外の妃嬪方《ひひんがた》や女官たちの中には、私たちを好意的に見てくださる方も増えるでしょう」

「……なるほど」

「現に修儀様は、私どもの努力を認めてくださっているではありませんか。私としましては、それだけで十分です」

職務というのは、必ずしも本人から感謝されることばかりではない。それは、客商売をしている頃から痛いほど感じていた。

特に優蘭は後宮の利益と、関わってくる後宮の女性たちの利益、双方を天秤《てんびん》にかけるやり方をしている。第一原則が後宮の利益である以上、そちらが悪いほうに傾くようだったら修正しなくてはならない。

それはそう、自分の欲だけを優先させ、罪を犯そうとした元内官司《ないかんし》女官長である錦文《きんぶん》を切り捨てたときのように。

姉のために全てを投げ打とうとした現内官司女官長である雀曦《じゃくぎ》の処遇を、とりなしたときのように。

それが個人の望まない結果だとしても、優蘭は「その選択よりもその人自身にとって将来的に良いこと」があれば迷わず選ぶからだ。

つまり優蘭は、相手にとってありがた迷惑になる可能性を多分に含んだ選択をする。

だから、本人から感謝をされなかったとしても、その人にとっての最善になったのであれば良いのだ。

……もちろん、感謝されたほうが嬉しいけれどね。

そんな気持ちを胸にしまいつつ、優蘭はぺこりと頭を下げる。

「本日は本当にありがとうございました。あ、こちら次回分の教本の翻訳本になります。あとこちらは和宮皇国でよく使われている黎暉大国語の入門書になりますので、もし受け取ってもらえそうだと思いましたら、渡していただけると幸いです」

「……分かりました。頂戴《ちょうだい》いたします」

用意しておいた布で包んだ教本を手渡せば、爽は恭しい手つきで受け取ってくれる。

彼女はもう何も言わなかったが、その瞳《ひとみ》には強い意志が感じられた。

「婕妤様のことは、わたくしが責任をもって教育いたします」

「そう言っていただけるとありがたいです」

「はい。もし次回いらっしゃらないようでしたら、お部屋にお伺いするつもりです。何度でも、です。何をされたとしても、根気良くいかせていただきます」

「なるほど……」

は、話には聞いていたけれど、そこまでしてくれるとは。すごいわね……。

静華が率いる保守派の面々が教師をしている回は、こういった情熱的なところがある。

もちろん教育する側との相性もあるだろうが、今の桜綾にはそちらのほうが合っていると思ったのも、優蘭が静華の『勉強会』をあてがった理由の一つだった。

「静華様ともお話ししておりまして、いずれは婕妤様付きの侍女頭を『勉強会』から追い出せるようにするつもりなのです」

「そ、それは……徳妃様らしいお考えですね」

優蘭は少しハラハラしたが、一応桜綾に参加をさせる予定の回には女官たちを忍び込ませて様子を窺う予定になっている。今回も梅香を参加させていたが、静華はとても理性的に対応していたらしい。

そもそも『勉強会』時の静華は相手に分かりやすく教えることに重点を置いているためか、普段よりも怒りっぽくないのだ。

そのまま、是非とも忍耐力を維持して欲しいわ……。

笑顔のまま内心そう思っていると、退室しようとしていた爽が意を決したという顔をして優蘭を見てくる。

「あ、の。珀長官」

「はい、なんでしょう？」

「言おうか迷ったのですが、これだけは伝えておきたいのです」

爽の真っ黒い瞳が、優蘭を射抜く。

「後宮にいる面々がこうして手を貸しているのは、他でもない珀長官にお願いされたからです」

「……え」

ぽちゃん、と。心の水面《みなも》が静かに波紋を立てる。

驚きのあまり言葉をなくしてしまった優蘭に、爽はなおも語り掛けた。

「わたくしもですが、静華様も、同じです」

ぽちゃん。

「その裏に思惑こそあれ……後宮を守ろうと奔走された珀長官を、わたくしたちは今まで幾度となく見てきました。派閥の関係もありそのことへの感謝を決して口には出せない人間もおりますが……信頼しているのです」

ぽちゃん。

「そんなあなた様が、包み隠さず丁寧に説明をしてくださったから。駆け回り、躊躇《ためら》いなく頭を下げてくださったからこそ――なのです」

爽が紡ぐ言葉の雫《しずく》がいくつも滴り落ち、まるで雨のように心に降り注いで沁《し》みていく。

もう十分なのに、それでも爽は丁寧に言葉を紡いでいった。

「きっと他の方から言われたとしても、こんなふうに一致団結はしなかったでしょう」

「……そう、でしょう、か」

「そうですよ。この後宮が今の形になったのは、珀長官がいらっしゃってからですから。……なのでどうか、それだけは忘れないでください」

「……はい。ありがとうございます」

噛《か》み締めるような心地と共にそう言えば、爽は満足したような顔をして礼をした。そして自身の侍女と一緒に、客間から退室する。

それをなんとか見送った優蘭は、少ししてその場にずるずる座り込んでしまった。

もしかして……私の気持ち、見抜かれてた？

それが仕事だと、仕方ないことだと自分に言い聞かせていた。実際期待をすることはやめていたが、それでも悪感情を向けられれば少なからず傷つくのも事実で。

そんな優蘭を労《いたわ》るような言葉に、不覚にも泣きそうになってしまった。

「……いけないいけない。まだまだ仕事は残っているんだから、こんなところで泣いてる暇なんてないのよ」

自分に語りかけるための独り言を口にして、優蘭はなんとか立ち上がった。

新人女官に客間の後始末を任せ、自身は執務室に戻る。そこで梅香からもらった『勉強会』での出来事をまとめた資料を手に持ち、外出の準備をした。

向かう先は宮廷。皓月の執務室だ。

今回は皓月と陽明だけでなく空泉《くうせん》も呼んでいるため報告をするのは気が重かったのだが、胸がぽかぽかと温かくて、思わず頬が緩む。

それを大事に抱えながら、優蘭は宮廷へと続く道のりを歩いたのだった。

＊

「――一先《ひとま》ず、本日の午前中に開催された『勉強会』での目的は、無事に果たせました」

右丞相《うじょうしょう》の執務室にて。

先ほどまで爽から報告を受けていたことと、梅香が急ぎで仕上げて提出してくれた資料。

それらの内容を簡潔に宰相二人に説明をした優蘭は、そこでようやく詰めていた息を吐き出した。

そんな優蘭の話を相槌《あいづち》を打ちながら聞いていた三人は、全ての報告を聞き終えると笑みを浮かべる。

まず言葉を述べたのは陽明だ。

「いやあ～珀長官。最後まで諦《あきら》めず、よく頑張ったね」

「はい、なんとか目的は達成できました。と言っても、私の手柄というわけではなく、ご助力してくださった徳妃様、修儀様、また私のお願いを聞き入れてくださった後宮の皆様のおかげです」

そう笑えば、皓月が満面の笑みと共に言った。

「いえ。珀長官だからこそできたことだと、わたしは思います。上手《うま》くいって本当に良かったですね」

「それ、は……はい。ありがとうございます」

皓月から手放しに褒められると照れるが、純粋に嬉《うれ》しいのでこくりと頷《うなず》く。

そうして喜んでいると、パチパチパチという拍手が聞こえた。胸がぎゅっと締め付けられるような心地になり、優蘭は反射的に片手を握り締める。

手を叩《たた》いていたのは、空泉である。

おそらく、賞賛の拍手だろう。つまり今回の件を純粋に褒めてくれている、ということだ。しかし笑顔の彼の口から何が飛び出してくるのか分からず、緊張する。

たとえ何を言われても、大丈夫……修儀様からいただいた言葉が、あるもの。

そう自分に言い聞かせながら待ち構えていると。

「いやはや、感服いたしました」

空泉がそう言った。

「そのように手間のかかる、しかし婕妤様の信頼を勝ち取るための第一歩を、よくぞ。さすが珀夫人ですね」

「……ありがとうございます、江尚書《こう》」

何かしら、この手放しに喜べない感じ……。

空泉の口から「さすが」という単語が出ると、なんとなく座りが悪いような心地にさせられる。

優蘭が思わず身構えていたら、空泉は「ですが」と言葉を繋《つな》げた。

「今後も根気よく、婕妤様の信頼を得ていく必要があります。そしてその信頼を得る対象が一妃嬪《ひひん》ということもあり、問題が起きた際に珀夫人が瞬時に対処できないということ。また更なる問題に発展するかもしれないということ。そういった危険性を孕《はら》んだ策だということは、もちろん分かっておりますよね？」

内心そう思った。

ようやく得ることができた良い結果を素直に喜ばせてくれないのが、江空泉という人だった。おそらく、完璧《かんぺき》主義なのだろう。そしてそれを他人にも求める。

しかし。

江尚書の言いたいことも、分かる。

今まで優蘭がやってきたようにはいかないぞと、彼は言いたいのだろう。実際勝手は違うし、他人に任せることは何が起きるか分からない面も多くてハラハラする。

しかし。

「これが、今私が考える最善の策です」

胸元に手を当てた優蘭は、空泉の目を真っ向から受け止め、そう言い切った。

「妃嬪方を頼ったのは私です。何かあった場合の責任は私が取ります」

「もし、それが戦争開始のきっかけになったとしても、ですか？」

「……はい。首を切られる覚悟もできています」

こうは言ったが、もちろん死ぬことは怖いし、いざそのような状態になったら泣くかもしれない。なので正直、口から出まかせ、はったりに近い言葉だった。

しかしそれを、助力してくれた妃嬪に押し付けるようなことだけはしない。

……修儀様の。私を信頼して、怒りをなんとか抑えてくれている後宮の女性たちの思いを踏みにじるようなことだけは、するものか。

そんな決意と共にはっきりと言い空泉をじっと見返していると、彼の右肩を皓月がぐいっと摑《つか》んだ。

「江尚書。ご自身のことを棚に上げて、そういったことを言うのは本当にどうかと思いますよ」

「……と言いますと？」

「婕妤様のことを珀長官に押し付けておきながら、彼女の祖国における情報を提供してくださらなかったことです。ご自身の役目を果たしていない人間が、他人に対してとやかく言うのはどうなのでしょうね……？」

そう言う皓月は満面の笑みだが、目が据わっている。一目見て「これはやばいな」ということがありありと分かる顔だった。

「それは……」

さすがの空泉も、皓月のその笑みには危機感を覚えたらしく、言葉を濁して笑みをひくつかせる。なんとか逃げようとしていたが、思いの外しっかりめに右肩を握られていたらしく、逃れられないようだった。

そんな空泉を追い詰めるように、左肩をがっしり掴む人がいる。

左丞相《きじょうしょう》・陽明だ。

皓月と同じくお手本のような笑みを浮かべた彼は言う。

「くーせんくーん？　僕と僕の執務室で、ちょっとお話ししよっか？」

「え、いや、その、まだ言いたいことは……」

「くーうーせーんーく～ん……？」

「……はい」

何かしら、この、言外の圧力……。

成り行きを息をひそめて見守っていた優蘭は、内心そう思う。

しかしそれがなんなのか知る前に、陽明がぱっとこちらを向いた。

「あ、珀長官は、今日はもう帰宅」

「え、あ、ですが他にも仕事が……」

「それはこっちでもう調整してあるから。もう三日も帰宅してないんだから、今日はさっさと帰って寝ること、いい？」

「です、が……」

「ぐだぐだ言わずにとっとと休む。体調管理も仕事のうちだよ。倒れたら責任を果たすどころじゃなくなるんだからね～？」

「は、はい……」

知らない間に調整されていたことに目を白黒させつつ、優蘭は頷いた。

優蘭が素直に頷いたのを見て満足したらしい陽明は、皓月に「皓月くんにはまだしてもらいたいことがあるからあれだけど、馬車のところまで珀長官を送ってあげて」とだけ言い残して空泉と退出してしまった。

皓月と二人きりでその場に残された優蘭は、ぽかんとしてしまう。

ええっと……とりあえず、馬車のところに……いかないと？

桜綾の件のみでなく、空泉と真っ向から相対した後だからだろうか。頭がふわふわして、思考がまとまらない。しかもどっと疲れが出て、体が重たくなってきた。

「皓月、行きましょうか」

それでもなんとか最後の力を振り絞りそう言ったときだった。

息が詰まるくらい力強く、抱き締められた。

「こ、!?」

ここが職場だとか、こんなこと恥ずかしいだとか。そう言った思いもあり抵抗しようとしたが、続いてかけられた言葉を聞いて、肩の力が抜けた。

「本当に、本当によく頑張りました……!」

「……あ……」

じわっと。今まで押さえ込んでいたものの蓋《ふた》が取れ、色々なものがこみ上げてくる。

「……わ、私……江尚書とちゃんと、逃げずに戦えていたでしょう、か」

思わず声が震えたが、皓月は躊躇《ちゅうちょ》することなく「はい!」と言ってくれた。

「さすが、わたしの自慢の奥さんです」

……不思議だわ。江尚書にも「さすが」って言われたのに、全然違って聞こえる。

まるで我がことのように誇らしげな言葉は、優蘭のこわばった心を容易《たやす》く溶かしてくれた。同時に好きだという気持ちがこみ上げてきて、優蘭は軽く皓月の袖《そで》を引っ張る。

「あ、の。皓月」

「どうしました?」

「……ご褒美に、口づけして、ください」

言ってから一気に気恥ずかしさがこみ上げてきたが、しかしそれを上回る衝撃がきて全てが飛んだ。

皓月が、まるで噛《か》みつくかのように優蘭の顎《あご》を持ち上げて口づけをしてきたからだ。呼吸すら飲み込まんばかりの勢いで、優蘭は爪先《つまさき》立ちになりながら皓月からの熱い接吻《せっぷん》を受け止める。

ようやく解放された際に言われた第一声は、こうだった。

「……すみません。急にとっても可愛《かわい》いことを言われたので、つい」

次はもっと優しくできるよう、努力します。口元を手の甲で隠した皓月にそう言われたが、頭が真っ白になって上手く言葉が入ってこない。

ただ、そのときの赤らんだ、綺麗《きれい》なのにどこか恐ろしくて獣じみた顔があんまりにも心臓に突き刺さってしまい、優蘭は言葉もなくただただ頷いた。

「……お、お手柔らかに、おねがい、します……」

本当はもっと色々言いたかったのだが、なんとか絞り出した言葉はこれだけだった。

それから皓月に連れられ馬車に乗った優蘭だが、最後の口づけが衝撃的過ぎて呆然《ぼうぜん》としてしまい、帰宅してからもそればかりが浮かんでなんにも手につかなかった。

ゆえにほぼ全てのことを侍女頭である湘雲《しょううん》にゆだね、そのまま寝台に入ってすぐに眠ってしまったのだった——

# 間章一　夫、裏舞台にて暗躍する

右丞相《うじょうしょう》・珀皓月《はくこうげつ》。

自身の妻を馬車にまで送り仕事に戻るために廊下を歩いていた彼は、自身の執務室に戻る前にばったり陽明《ようめい》と出くわした。

「あ、皓月くん」

陽明は、落としたのであろう資料を焦りながら拾っている。

それを見た皓月は瞬時に状況を把握する。

おそらく、床で足を滑らせて、資料を落としてしまわれたのでしょうね……。

そう判断しつつ、皓月は自身もその場で膝《ひざ》をつき、一緒に資料を拾う。

「……杜左丞相《とさじょうしょう》、お疲れ様です。わたしも手伝いますよ」

「ありがとー。助かる」

そうやって資料を拾っていると、陽明が「あ」と口を開く。

「あ、そうだ。空泉《くうせん》くんね。ちょっと注意しておいた」

「ありがとうございます。わたしが言っても聞かない方ですが、杜左丞相から言われれば多少なりとも反省されるかと」

「まあ、長い付き合いだからねえ。その辺りは僕も分かっているし、向こうも分かっているし。……分かってるなら、お気に入りの子を見つけたらいじめたくなるの、やめて欲しいんだけど……」

そう言いながらはあ、と大きめの溜息《ためいき》を吐く陽明。その様子から、空泉が何度も同じことを繰り返しているということが分かる。

ここで言う『空泉のお気に入り』というのは、自身の妻である優蘭《ゆうらん》のことだ。

空泉が優蘭に目を付けたのは、昨年の桔梗《ききょう》祭からだった。それから季節が一巡するまでに様々な問題を解決してきた優蘭のことを、空泉なりに買っているのだろうと思う。

しかしいくら職務上のこととはいえ、愛する人が委縮してしまうほどの圧をかけてきた空泉を、皓月は許せそうになかった。

「後ほど、わたしからも苦情を言わせていただきたいのですが……」

「相当腹に据えかねてるね……？　いや、今回は僕がきつーく言っておいたから、それに免じてやめてあげて……」

「……杜左丞相がそう仰《おっしゃ》るのであれば」

そう言いつつも不満げな皓月を見て、陽明は笑う。

「昔から空泉くんとは折り合いが悪かったけど、今回は相当だね～。僕がいない間に何かあった？」

「……多々、珀長官にはちょっかいをかけていまして。今回はあまりにも目に余りましたので、忠告をしておきたいと思っただけです」

「……話には聞いてたけど、皓月くんは本当に奥さんのことを愛してるんだね。結構特殊な政略結婚だったから心配してたんだけど、それを聞いて少し安心した」

そう頷《うなず》きつつ、資料全てを拾い終えた陽明は「あ、主上の執務室で会議がしたいから、このまま行こうか」と言ってくる。特に何か必要な会議ではないようなので、皓月は二つ返事で了承し陽明のとなりを歩いた。もちろん、彼が持っていた資料は全て皓月が預かっている。

そうやって歩きながら、二人はまた話をする。

「珀長官はどうだった？」

「はい、やはりかなり疲れていました。帰宅させたのは正解だったと思います。予定調整などのご配慮くださり、本当にありがとうございました」

「いやいや、本当に手間暇惜しまず、頑張ってたから。後宮内に入って色々根回しできない分、これくらいの気遣いはしてあげないとね」

「はい」

陽明のこういったところを、皓月は心の底から尊敬している。基本的には軽い人だが、細かな気配りができる。同時に隅々にまで目を行き届かせており、宰相としてはとても優秀なのだ。

「……珀長官、僕に関して何か言ってた？」

「いえ、特に何も。どうかしましたか？」

「い、いや、何も言っていないのならいいんだ」

時折わけの分からないことを言うこともあるが、そこも含めて杜陽明で、彼の魅力だと皇帝・劉亮《りゅうりょう》もよく語っていた。

今抱えていた資料も、別段重要ではない案件のみですしね……。

自身の腕にある資料を軽く見ながら、皓月は内心そう思った。そもそも、重要な案件の資料を自分で持たない人だ。移動させるときは必ず他人を頼る。

何をどう頑張ってもこけたりするのだけは治らないのはとても不思議だが、こういったところがいい意味で他人の油断を誘っているのだということ。またそういったところだけを見て馬鹿にすると痛い目を見るということは、宮廷にいる古株の官吏なら知っていた。

そんなところを皓月は尊敬している。同時に、自身もそれくらい器用に立ち回れたら、とも思う。

特にそれを強く感じたのはやはり、空泉の件で優蘭が委縮してしまったときだった。

――あのとき、空泉が言ったことは正しかった。

言い方に難はあれ、官吏のあるべき姿としては正しいと皓月は思ってしまったのだ。だから口ごもってしまった。しかし優蘭にそこまでのものを背負わせることが正しいのか問われると、違うなとも思う。後からきた陽明のほうが上手に場をまとめていて、そのことを何度も思い出してしまう。

そうこうしているうちに、二人は皇帝の執務室につく。

入室許可を得て宦官《かんがん》に中に入れてもらえば、劉亮が難しい顔をして書類と顔を突き合わせていた。

持っていた資料を宦官に預けつつ、皓月は内心感動する。

主上が。わたしが見張らずともちゃんと仕事をしてくださっています……！

割とやる気にムラがあるので、上手《うま》くのせるのが大変なのだ。しかし今回は事態が事態だからか、しっかりやっているようだ。

それに日々苦労している宰相二人は、劉亮に思わず生温かい目を向ける。それを敏感にも感じ取ったらしい劉亮は、嫌そうな顔をした。

「二人とも、なんだその、幼子を見るような顔は……」

「いえいえ、なんでもありませんよ～？」

「はい、特に何もありません」

陽明、皓月の順にそう言われた劉亮は、釈然としない面持ちのまま「まあいい、よくきた」と言った。

「それで、後宮のほうはどうなった？」

「はい、無事作戦通り、事が運んだようです」

「そうか……さすがはそなたの自慢の妻だな」

「ええ、そうでしょう」

間髪を容《い》れずに頷けば、「こいつつまらなくなったな……」と言いたげな顔をされた。どうやら皓月のことをからかう気満々だったようだ。

それを指摘するとまた話が進まなくなるので、皓月は何か言いたげな劉亮の視線を受け流し、陽明のほうを見る。すると陽明も心得たと言わんばかりにサラッと現状を流して、宦官に資料を持ってこさせた。

「それでは、今回の会議の本題に入らせていただきますね～」

「陽明。そなたはもっと余のことをうや、」

「手元の資料をご覧ください」

「……おい、陽明」

「はいはい、主上のことはちゃんと敬っています。その上で、今回入った情報は大事なものなんです」

陽明がそこまで言うものがどんな情報なのか気になったのだろう。劉亮が資料を読み始める。それにつられて皓月も目を通し、そして目を見開くことになった。

それは、元宦官長である範浩然《はんこうねん》が和宮《かずのみや》皇国から取り寄せていた砒素毒《ひそ》の分析結果だった。

その砒素毒はなんと――銀に反応しない毒だったのだ。

先ほどまでの空気とは打って変わり、陽明は真剣な表情で劉亮と皓月を見る。

「そもそも、砒素毒というのは本来、銀食器に反応を示す毒物なんですよ」

陽明曰《いわ》く、砒素毒は銀を黒く変色させる毒物の一つだと言われていたらしい。その理由は、砒素毒を採掘する際に、どうしても一緒に硫黄《いおう》もついてきてしまうからだという。

硫黄が銀に付着すると、腐食を起こして黒くなる。

つまり、純度の高い砒素毒であれば銀には反応を示さないらしい。

「そして今回押収した砒素毒は、銀に反応を示さない、極めて純度が高い毒物だったんです。それは何故《なぜ》か。このことから、僕は分析をした面々と仮説を立てました」

そう言いながら、陽明は指を一本立てる。

「一つ目。それは純粋に、和宮皇国側の技術革新が目覚ましいということです。元々、手先が器用で職人気質《かたぎ》な人間が多い国柄なので、まああり得なくはないと僕は思っています。だけど、正直言って和宮皇国だけでそれができたとは、少し考えにくい。そこまでの資金があるとは思えないからです」

そして陽明は指を二本立てて、

「二つ目。それは——杏津帝国《あんつていこく》が、裏で手引きしている可能性です」

そう、ひどく重たい声音で言った。

陽明はなおも、真面目くさった顔で語る。

「僕が問題視しているのは、和宮皇国の急激な発展ではありません。杏津帝国と裏で繋《つな》がることにより、戦争に使える兵器を和宮皇国が作り上げるということ。またその助力がある状態で、杏津帝国と戦争が始まることを危惧《きぐ》しているんです」

「……なるほどな。陽明が言いたいことは分かった」

劉亮の言葉に、皓月も頷く。

確かにこれが本当ならば、国を揺るがす大問題に発展しかねませんね……。

それだけ精製精度が高ければ、戦争に必要となる火薬の調合もお手の物だろう。もしかしたら、黎暉大国《れいきたいこく》が知らないような新兵器が作られているかもしれない。

「もし黎暉大国と杏津帝国が戦争になれば、和宮皇国にどのような利益があるのかとずっと考えていましたが……杜左丞相の仮説が正しければ、辻褄《つじつま》が合いますね」

「うん、そうなんだ。両国が戦争になれば、杏津帝国は和宮皇国に武器の大量発注をする。そうすることで、和宮皇国も莫大《ばくだい》な利益を得るわけだ。しかも既に裏で繋がっているのだとすると、黎暉大国と杏津帝国の国力を把握して天秤《てんびん》にかけた上で、杏津帝国側についたほうが得策だと考えているみたいだし」

それはつまり。

そう喉元《のどもと》まで出かかり、しかし自分が言っていい立場にないと思った皓月はぐっと言葉を飲み込む。

しかし満面の笑みを浮かべた陽明が、あっけらかんと言った。

「いやあ、これは完全に、うちの国舐《な》められていますね～」

……言ってしまいました……。

だが、陽明の本音はその程度では止《とど》まらない。むしろ、今までそのことに気づいている人間ですら絶対に口に出さないようなことを、躊躇《ためら》いなくずばずばと言っていく。

「というよりこれは正直、今まで国の中枢を担ってきた人間たちが残した塵《ごみ》が積み重なった結果ですね。強者《つわもの》の怠慢であり自惚《うぬぼ》れが、こうして形になったという感じでしょう」

「……あの、杜左丞相……」

「そして近隣諸国も、僕たちの自惚れを知っている。だからそこを上手く利用して、こちらに仕掛けてこようとしているんですよ。いやあ、僕の代でこんなことになるとは、参りましたね！」

口を挟む間もない毒舌に、皓月は沈黙した。否、沈黙せざるを得なかった。なぜなら陽明の言うことは尤《もっと》もだったからだ。

しかし分かっていても認められない、認めたくないというのが人間の心理というもので。今この場にいたのが皓月と劉亮でなければ間違いなく、大変なことになっていただろう。

……まあこの方がそれを分かっていないはずがないのですが……。

あれやこれやと色々考えてしまい、思わず押し黙る皓月とは裏腹に、劉亮は腹を抱えて笑っている。

「陽明、そなた……あまりにも明け透けすぎるだろう……っ」

「僕だって、言う相手は選んでいますよ〜。でないと、ここまで出世なんてできませんからね」

「そうだなあ。そしてそなたを左丞相に選んだのも、その明け透けさと相手を見極める力があったからこそだ」

目尻《めじり》に溜《た》まった涙を拭《ぬぐ》いながら、劉亮は言う。

「と言っても、ただ泥船が沈むのを黙って待っているような愚か者を、宰相に選んだつもりはないぞ」

顔自体は笑っていたが、突き刺すような声音だ。だがそんな声をもろともせず、陽明は頷く。

「もちろんですよ。僕は確かに平和主義で、できる限り争いは避けたい人間ですが、それでも意地も誇りもあります。ここまで馬鹿にされたら、そりゃあ仕返しの一つでもしてやりたくなりますよね」

普段は穏やかで協調性が高い陽明だが、このように怒らせるととても怖いのだ。それはそう、あの空泉でさえ頭が上がらないほどに。

それを久方ぶりに目の当たりにした皓月は、内心溜息《ためいき》を吐く。

「そのために、巫婕妤《ふしょうよ》を利用するおつもりですよね」

「お、さすが皓月くんだね。分かってる」

「……相手が仕掛けてきたものを利用して、相手にやり返す。最も効率的で、かつ相手に精神的苦痛を多く与える術《すべ》ですから。それに和宮皇国の首根っこを押さえておけば、黎暉大国にも色々と有利に働きますし」

「うんうん、そうだね。となると……やっぱり、鍵《かぎ》となるのは珀長官がどれだけ巫婕妤の信頼を得ることができるか、かな」

優蘭の名前をここで出され、皓月はゆっくりと深呼吸をした。

「……彼女ならばきっと、最善を尽くしてくれます」

「うん、僕も信じているよ。でももしも上手くいかなかったときは、僕たちがその尻拭《しりぬぐ》いをしなければならない。それは分かっているよね？」

「……はい」

優蘭はきっと、成功させる。

だが宰相としては、失敗した際の代替案を用意しておくのは当たり前のことだ。

しかしこのことを伝えて彼女の負担にはなりたくない、だから言えない。

そんな、優蘭に対する様々な思いが駆け巡る中、陽明が新たな木簡を渡してくる。

無言でそれを受け取り一読した皓月は、目を丸くして陽明を見た。

「こんな情報、一体どうやって……」

「……まあそれは、個人的な伝手《つて》……かな？」

でもその情報を使えば、巫婕妤は僕たちの言うことを聞いてくれるでしょ？　なんて、陽明は笑う。

知らされた情報をどのように使うのか、皓月は瞬時に分かった。

そして試されている、とも思う。

陽明は皓月に、優蘭《愛する人》ができても、今までのように皇帝のため、国のために汚いことができるか、と聞いているのだ。

――そしてそれと同じくらい、大きなお世話だとも思った。

むしろ前よりも躊躇いなく、皓月は相手を陥れる行動を取れる。それが優蘭を守るためならなおさらだ。彼女から嫌われたとしても、それしか選択肢が残されていないのならやる。皓月はそういった人間だ。

その覚悟を見せるために、皓月は木簡を執務机の上に置かれていた燭台《しょくだい》のろうそくに近づけた。

ぱちぱちと音を立てて燃えていく木簡を、部屋の端に置いてある火鉢の中に立てる。それはやがて灰になり、火鉢の中に埋もれていった。

「もし上手《うま》くいかなければ、わたしがいただいた情報を使って巫婕妤と話をつけます。ですが……わたしは妻のことを信じていますから」

「うん、分かってるよ。――寵臣《ちょうしん》夫婦のお手並み、拝見させてもらうね」

その言葉は、皓月の胸にざらりとしたものを残して、溶けていった――

# 第四章　妻、〝わがまま〟姫の心を開く

隣国へ嫁いできた日。

一人の姫は、信じられないと言った。

それに対して唯一無二であり幼馴染《おさななじみ》でもある侍女は、信じるしか道がないと言う。

しかし姫は、そんな不確かなものを信じなければならないのは嫌だと思った。それならば死んだほうがましだと、そう幼い子どものように言う。

それに困り果てた侍女は、ならばと言った。

『ならば、見極めましょう。相手が信じるに足る人間なのか。その上で、もし信用に足る人間なのであれば。すべてを委《ゆだ》ねましょう』

その話を聞いて、姫はある日のことを思い出した。

それは、姫がまだ『本当のコト』を知らないくらい、小さいときのこと。

姫は、一つ下の妹にばかり構う母に自分を見て欲しくて、自分も妹と同じように愛して欲しくて、〝あること〟をしたのだ。本当に愛されているなら、妹のときのように血相を変えて捜してくれると、そう思ったから。

だが何時間経《た》っても、母はおろか年嵩《としかさ》の侍女たちも捜しに来てはくれなかった。

自分で隠れたくせに怖くなって泣き出した姫は結局、泣きながら自分で部屋に戻った。

そのときに母親から言われた言葉を、姫は未《いま》だに覚えている。

『あら、どこかへ行っていたの？　まったく気づかなかったわ』

――その日を経て真実を知ってから、姫は両親から愛されようとすることをやめた。

その代わりに、書庫に忍び込んだり、庭で植物の絵を描いたり、調べたりするようになった。そうやって一日の大半を外で過ごしたとしても、大人たちは誰も気づかない。

まるで、元からそこに自分など存在していないようだった。その事実から逃れるために、姫はなおのこと書物の世界に埋没した。何かを知るのは楽しかった。何もない、空っぽな自分を忘れられた。

この国に、〝わたし〟の居場所はどこにもない。

居場所がないのはとても寂しい。苦しい。

ならば隣国は。海を隔てた先にある隣国に、姫の居場所はあるのだろうか。

その居場所であれば、姫がいなくなったときに捜してくれる人がいるだろうか。

――その答えを、姫はまだ知らない。

*

桜綾《おうりょう》が『勉強会』に参加してから十日ほどが経った。

その間にほぼ毎日、爽《しょう》が桜綾が住む区画に赴いて勉強会がない日も懇切丁寧に教育を施してくれた。

意外にも桜綾はそれを素直に受け入れ、毎日欠かさず勉学に励んでいるらしい。

その結果判明したのが、これもまた意外だったのだが、桜綾は勉強自体は嫌いではないという点だった。

黎暉大国語《れいきたいこくご》も、専用の教本を渡せばある程度理解でき、そこに爽が補足を入れたらすんなりと覚えて、会話ならば不自由なくできるところまでいったそうだ。

文字を書くほうはまだ完全にはできていないらしいが、それも時間の問題だろうと爽は嬉《うれ》しそうに話してくれた。

まるで、子どもの成長を見守る母親のようだと思う。爽も爽なりに、桜綾との交流を楽しんでいるように見えた。

でもそうなると、杜左丞相《とさじょうしょう》が独自に調査してくださった情報にあった婕妤《しょうよ》様がわがままを言って勉強を放棄したっていうのは……正しい情報だったのかしら？

そんな新たな疑問が浮かんだが、一先《ひとま》ず桜綾の問題行動も沈静化したため健美省《けんびしょう》の負担が減り、妃嬪《ひひん》たちからの苦情もなくなり、といいことが起こっている。

気分転換も兼ねて庭などでも勉強をしているおかげか、通りかかった妃嬪たちも桜綾の真面目な姿を目にする機会が増えたとか。

爽の教え方は『勉強会』でも評判がいいため、ついでに自分たちも教わろうとする妃嬪たちも出てきたという。その結果誤解も解けて仲の良い妃嬪も増え、一部の妃嬪たちの間で桜綾は「憎めない妹」的な存在になりつつあるようだった。

爽から定期的に報告をもらっていた優蘭《ゆうらん》は、そんな話を妃嬪たちから聞けてほっとする。

とりあえず、居場所ができたようならよかった……。

まず、桜綾の精神状態をどうにかする必要があると思っていた優蘭としては、事態がどんどん好転していることが嬉しい。次の目標はやはり、健美省として桜綾の信頼を勝ち得ることだろう。

優蘭のほうでも欠かさず文を送っているので、その返事がくるのが現状における理想だろうか。

正直そこよりも気になるのが、侍女頭・玉琳《ぎょくりん》の行動だった。

こちらが拍子抜けするくらい、何も行動を起こさなかったのである。

玉琳を監視している女官たちからの情報では、桜綾を憎々しい目で見ていることは多いらしい。が、それだけで、桜綾がごねなくなってからは宥《なだ》めるようなこともなくなったという。

陽明《ようめい》から教えてもらった情報によると、玉琳は元々和宮《かずのみや》皇国の皇后付き侍女だったようだ。そこから今回桜綾が黎暉大国に嫁いでくるということで、侍女頭になったらしい。

この情報をもらった段階で、自分の中にあった疑惑が確信に変わる。

そんな間際に侍女頭になったということはやっぱり、婕妤様のことを本当に思って行動をしていないってことよね。

それ以外の和宮皇国からきた侍女たちについても情報を調べてもらったが、どうやら桜綾の世話を今まで行なっていたのは雪花《せっか》という侍女ただ一人らしい。

第一皇女という身分にもかかわらず、桜綾は一人の侍女しかつけてもらっていなかった。

桜綾がわがままで、他の侍女を拒んだからだという話だが、そのことに関しては違和感が残る。

そもそも、一体どういう環境で育てば、桜綾のようになるのだろうか。

大抵の場合、長子というのは厳しく育てられる。特に男児は世継ぎになるため、家の大黒柱として一家を担っていかなければならないからだ。

そして女児の場合、他家に嫁ぐことが決まっているためよそ様に出しても恥ずかしくないだけの教養を身につけさせられる。農家の娘ならいざ知らず、桜綾は第一皇女だ。その点がいつも引っかかってしまい、優蘭は首をひねっている。

ともあれ、他の侍女たちも別段おかしな経歴ということはないらしい。それは陽明が以前くれた資料から判明していた。

誰も名家の出で、身分もしっかりしている。つまり、戦闘経験のある刺客ではないということだ。

しかしもし戦争を起こそうとするならば、桜綾の命を狙う人間が出てくるはず。

それもあり、健美省や内侍省《ないじしょう》の人間は日々警戒を強めていた——

そんな状況下でも、業務は通常通り行われる。

その中で優蘭が特に心を砕いているのは、牡丹《ぼたん》祭の準備だった。

牡丹祭は、黎暉大国における四大祭事の一つだ。

庶民にとっては冬の終わりを喜び、これからの実りを神様に願う豊穣《ほうじょう》の祭りだが、宮廷では違う。というのも牡丹は皇家の花とされているからだ。百花の王とも称されるほど美しく香《かぐわ》しい花なので、それも当然だろう。

そして黎暉大国では、春を呼ぶ神と太陽神を同一のものとして認識している。そしてその神の末裔《まつえい》が皇族ということになっており、牡丹祭は今は亡き皇家先祖の霊を慰めるために行なわれる。それもあり、どの祭事よりも盛大かつ重要なものだと言われているのだ。

また牡丹の花は、皇帝から皇后にだけ贈られる花でもある。それは建国神話の初代皇帝の寵妃《ちょうひ》である皇后が、紅牡丹の精霊だったということに由来するそうだ。

建国神話曰《いわ》く「紅牡丹の精霊は、子を成せなかった自分の代わりに夫が別の女性を妃《きさき》に迎えても決して怒らず、それどころか側妃が重い生理痛で苦しんでいた際は自身の根を煎《せん》じて飲ませた」らしい。

宮廷で側妃を入れるようになったのも、皇后が後宮の統括を任されるようになったのも、この牡丹精霊の寵妃からきているとされていた。

そんな皇族の象徴とも言える牡丹を皇后となる女性に捧《ささ》げるということは、「自分たちの象徴である牡丹の銀 簪《ぎんかんざし》を贈ることで、皇家の人間になって欲しい」と告白するのと同義だという。

それにより、妃嬪は生家の名前を捨て皇族の一員になれる。

だから牡丹祭は、妃嬪たちにとっても一番緊張する祭事になる、とのことだった。

それもあり後宮内はどことなくそわそわしたような、うわついた空気が広がっている。

しかし昔のようにひりつくようなものではなく、いい意味での緊張感だ。それだけでも、妃嬪たちが牡丹祭にかける期待が分かるというものだろう。

私は牡丹祭が終わってから後宮入りしたから、今回参加するのが初めてなのよね。

なのでどんなものなのか純粋に気になる。また祭事の中心となるのは礼部《れいぶ》なので、優蘭が中心となって裏方作業をしなくていいのも気が楽だった。

と言っても、仕事がないわけではない。優蘭は皇帝直々に命を授かっていた。

命は二つ。

一つ目は「宮廷の闇が一掃されたということを強調するために、四夫人全員参加の見せ物をすること」。

二つ目は「和宮皇国の文化を取り入れた何かをすること」。

二つ目は後から付け足されたもので、桜綾が後宮入りをしたからこそ出された課題だろう。和宮皇国との友好関係を周囲に指し示す意味もあるかもしれない。

しかし優蘭には、頼もしい味方がいる。

内儀司《ないぎし》女官長・姜桂英《きょうけいえい》と、内食司《ないしょくし》女官長・宝可馨《ほうかきょう》だ。

二人は、皇帝から与えられた命を無事に完遂するために、優蘭が今回裏方協力を要請したのである。

桂英のほうには祭事全般の補佐のみならず、四夫人が合同で行なう予定になっている演劇の監修と演技指導を頼んでいる。

可馨のほうは、二つ目の命である和宮皇国の文化を取り入れたもの――菓子作りを頼んだ。

というのも、いきなり「和宮皇国の文化を取り入れたもの」と言われても、手間がかかりすぎて時間が足りなかったのである。

その結果、なら食事で他文化を取り入れるのがいいのではないか、と優蘭が提案した。

その中でごく限定した菓子にのみ適応されたのは、伝統と格式ある祭事の食事をあまり改変しすぎると各所から反発がくるから、と空泉《くうせん》に釘《くぎ》を刺されていたからだ。

これに対して「どいつもこいつも注文が多いな……」と優蘭がキレそうになったことはまた別の話である。

祭事に関しての知識が豊富な桂英と、優蘭とはもう一年ほどの付き合いになる、お互いに意見を出し合ってぶつかってきた可馨。

この二人がいれば、優蘭の牡丹祭任務も楽に片付く。

そう、思っていた。

＊

牡丹祭開催まで、残り二週間。

最終調整のために開かれた会議にて、優蘭は冷や汗をかいていた。

顔にはなんとか笑みを貼り付けているが、正直ここに座っているだけで精一杯である。

というのも、それは目の前で繰り広げられている舌戦にあった。

「何度も言っていますが、今回参加される人員を考えますと、そんなに幅は取れないのです。その上今回の牡丹祭は陛下の治世になって最も平穏なものになります。そのためにはやはり、古くからあるこの構成が正しいかと」

「いいえ、陛下は新しいものを好まれる方です。古くからある構成で祭事を進めるなど面白みがありません。また陛下の治世であることを先祖の方々に示すなら、独創性を感じさせるこちらの構成が良いと断言させていただきます」

前者は礼部尚書《しょうしょ》・江《こう》空泉、後者は内儀司女官長・姜桂英の言葉だ。

そして——

「あの……お菓子に使うこちらの食材、納品が遅れそうだという話を伺ったのですが、本当に大丈夫なのでしょうか？」

桂英に加勢する形で淡々とだがはっきりと意見を述べている、内食司女官長・宝可馨による応酬だ。

空泉と桂英の衝突は祭事の際によく起こる恒例事項なのだが、それにしたって今回は激しい。優蘭が内心焦るくらいは両者一歩も引かないやりとりになっていた。

そして今回はそこに、可馨までが加勢している。

正直言って、この三人以外の会議参加者たちは凍りついている。それはそうだ、この中に飛び込むなどよっぽどの自殺願望があるものか、どうしても介入しなければならない中間管理職くらいなものである。

そして問題は、その中間管理職が優蘭だという点だった。

え、私、この中に介入するの……？……いや、無理でしょ……!?

優蘭とて、まだ命は惜しいのだ。ここで下手に介入して反撃を食らうのは避けたい。特に空泉に対しては未《いま》だに若干の苦手意識が残っているため、反論されたら言い淀《よど》んでしまう可能性が捨てきれなかった。

しかし桂英はともかく、可馨を連れてきたのは優蘭だった。つまり彼女が何かした場合、その責任の一端を負うのは優蘭で。

つまり、優蘭が介入しなければならない、という結論に達する。

だってこのまま言い争いが続いたら、会議が確実に長引く……長引く会議ほど面倒臭いものはないし、私にだって他にやりたいことがあるのよね。

かと言って、この三人のやりとりに無策で挑むほど無謀なものはない。故にどうしようかと首をひねっていたら。

「うーん、ちょっといい？」

隣に座っている人物が、スッと挙手をする。

手を挙げたのは、左丞相・杜陽明だった。

彼は片手で何かを書きつけつつ、言葉を発する。

「まず、江尚書と姜女官長のほうから。こちらは、どちらの言い分も理に叶《かな》っていると僕は思うな」

「……杜左丞相。それでは解決しないのではありませんか？」

笑顔だが、どことなく苛立《いらだ》ちを含んだ声で空泉が言う。それに対して陽明は「まあまあ」と言いつつ、さらさらと書きつけた木簡を二人に差し出した。

「僕が言いたいのは、どちらか片方の意見を通すんじゃなく、折衷案にしない？　っていうこと。とりあえずよさそうな配分を書いてみたから、それ見て」

受け取った木簡を見た二人は、神妙な顔をする。

「……確かに、わたしたちの案がそれぞれ取り入れられていますね……」

「……わたしは、この通りに進めていただけるのであれば、構いません。ただ、演劇にて使う舞台のほう、もう少し広くしていただきたいです」

「うん、そっちも分かった。僕のほうで調整するよ」

尚《なお》も自分の意見を崩さない桂英に笑いながら、陽明は了承する。それに対して空泉が何か言おうとしていたが、陽明は分かったように、

「普段ならお二人くらいに絞られるところを、今回は四夫人方全員が舞台に上がって祭事を盛り上げてくれるんだ。それに事前にもらった資料を見ても、舞台の上に立つ人数が多いみたいだし、それくらいは調整してもいいと思うよ？」

と言って、空泉の意見をサクッと封殺してしまった。

となりでそれを見ていた優蘭は、思わず感動する。

す、すごい……こんなにもあっさり江尚書を倒すだなんて。

大人数の会議で顔を合わせるのは初めてだったので、その鮮やかな弁舌に内心拍手喝采《はくしゅかっさい》だった。

そんなふうに気を抜いていたら、唐突に視線を向けられる。

「それで、確保が遅れている食材の手配なんだけど。珀《はく》長官、君のほうでこれを融通できたりしないかな？」

「融通、ですか。構いませんが……庶民の間ではあまり出回らないかなり希少なものがあるので、数点は徐《じょ》尚書からも手を借りた方がよろしいかと」

「ああ、確かに。じゃあ、徐尚書のほうに、珀長官のほうから話をつけてもらってもいいかな？」

「かしこまりました。ただ急な依頼ですので割高になるかと思いますが、その点はいかがいたしましょう？」

「牡丹祭のときに、ものが出揃《でそろ》っていないことのほうが問題だから、多少の予算超えには目を瞑《つぶ》るよ」

「はい。その辺りは徐尚書がお詳しいかと思いますので、相談して明日までにはご報告します」

「ありがとう、よろしくね。……という感じなんだけど、宝女官長。これで問題ないかな？」

それらのやりとりを聞いていた可馨は、うんうんと頷《うなず》いて「大丈夫です、よろしくお願いします」と言う。

打てば響く、といったやりとりに、優蘭はじーんとした。

こういうやりとりって、本当に助かるのよね……。

最近、会話の通じないやりとりばかりだったからか、淡々としつつもさくさく進む仕事のやりとりがものすごく沁《し》みた。

同時に、皓月《こうげつ》が言う通りの凄腕《すごうで》宰相だなと思う。

席に着く際に椅子から落ちた人とは思えないわ、ほんと……。

そこも含めてご愛嬌《あいきょう》、というやつだろうか。

そんな陽明の介入もあり、会議はつつがなく進んで無事時間内にお開きとなる。

無事に乗り切った会議に、優蘭はとてつもない達成感を覚えた。

一時はどうなるかと思ったけど、本当に良かったわ。

渡された資料をまとめつつ立ち上がると、となりから声をかけられる。

「お疲れ様、珀長官」

「お疲れ様です、杜左丞相。お噂《うわさ》通りのご手腕でした」

「いやいや、珀長官も噂通り、しっかりしてるよ。天佑《てんゆう》くんとも仲良くやってるみたいで何より。彼、とっつきにくいけど、味方にしたらすごく心強いからね」

徐天佑は、戸部《こぶ》尚書だ。宮廷の金銭面を管理する部署の長で、中立派。しかし自分が得をするのであればどちらにでもつく、いわゆる損得勘定を重視する人間である。

確かにかなりとっつきにくい面があるが、優蘭が今までの人生で幾度となく相手をしてきた商人と同じなので、むしろ優蘭的には話しやすい。

ゆえに「私などまだまだ若輩です」と言えば、陽明がじっと優蘭を見てきた。

「……ねえ、珀長官」

「はい、なんでしょう？」

「この後、少し時間くれる？　少しあなたと話がしたいんだよね」

その言葉は、優蘭が思うよりずっと真剣みを帯びたものだった。

桂英と可馨を後宮へ送る役目を宦官《かんがん》たちに任せた優蘭は、陽明に誘われるがままに彼の執務室へと足を運んでいた。

同じ宰相の執務室だが、皓月の部屋よりも資料が多く棚に詰め込まれている。

しかししっかりとした管理者がいるのだろう、整理整頓《せいりせいとん》が行き届いていて驚いた。

代わりと言ってはなんだが、執務机の上には燭台《しょくだい》、硯《すずり》、筆、紙、木簡といった必要最低限のものしかない。それは何故《なぜ》だろうかと内心首を傾《かし》げていたら、陽明が笑って、

「墨をぶちまけたり、資料の山を倒したりして大変なことになったことがあるんだよね～」

と言った。

優蘭もつられて愛想笑いを浮かべたが、それでいいのかと思わなくもない。

そんな優蘭を、陽明は休憩用の椅子の前に案内してくれた。

部屋付きの宦官が入れてくれた茶を一口含んでいると、同じく喉《のど》を潤した陽明が優蘭を見る。

「さて、と。……珀長官、いい？」

「は、はい」

茶杯を卓において居住まいを正せば、陽明が苦笑する。

「ああ、安心して。そんなに畏《かしこ》まった話じゃないから」

「は、はい……」

「単刀直入に言うと……後宮に勤めてからそろそろ一年経《た》つけど、現状で大変なこととか、辛《つら》いことはないかな、っていう話かな」

思わず目を瞬《しばたた》いている優蘭に、陽明は一つずつ説明してくれる。

第一に、陽明は自分が遠征に行っている間に優蘭が後宮入りしたことを気にしているらしい。本来なら皓月と二人体制で裏から補佐に入ろうと準備をしていたのだが、諸事情によりそれができなくなったことを気にしていたようだ。

第二に、一上官として勤め先の居心地を気にしてくれているらしい。

「ほら、陛下ってあまり褒め言葉を言わないから。その割に無茶苦茶言うので、その辺りが負担になってないかなと危惧《きぐ》してるんだ。あなたは優秀な官吏だから、人間関係のごたごたで辞めて欲しくないんだよね……」

それを聞いて、優蘭は感動する。

まさか、皓月以外に労《ねぎら》っていただけるとは……。

確かに皇帝はいちいち口に出したりもしないし、命じた言葉以上のことを要求してくるところがある。そういった面に苦労していないとは、口が裂けても言えない。

心の中ではめったためたにしているし……。

つまり陽明はそれが分かっていて、優蘭からの悩みや相談事を聞いて助言や指導をしようとしてくれているのだ。

皓月が殊更に、杜左丞相を褒め称《たた》えるわけだわ。

正直に言おう。上司にしたい人物として、優蘭の中でダントツ一位に駆け上がった。

ついでに言うなら、こんな上司になりたい人物の一位でもあるので二冠になっている。

それはさておき。

「そうですね……陛下は大変気まぐれな方なので、ご要望にお応《こた》えするのにいつも苦労しています」

せっかく話を聞いてくれると言うのだからと思い、優蘭は陽明にそう切り出した。

できる限り無礼にならないように細心の注意を払いつつ、優蘭は言葉を重ねる。

「ですが……私、意外と。そういうの、好きなんです」

「好き？　無理難題を言われるのが？」

「はい。もちろん腹も立ちますし、その中にはできなくて挫折《ざせつ》することもありますが……それでも。やりがいは、人一倍感じます」

そう口にして、優蘭は自分が意外と、なんだかんだ楽しんできたことを自覚した。

そっか、私。楽しかったの、ね。

そうだ、楽しかった。妃嬪《ひひん》たちそれぞれと向き合って、あの手この手を使ってその悩みや苦しみを解決していったり、戦ったりするのは、とても楽しかったのだ。

思わずそう気づくと、陽明が首を傾げる。

「じゃあ、一つ聞きたいんだけど」

「は、はい」

「……今、楽しい？」

「……え？」

「婕妤様のこと。達成感とかそういうの、感じながら仕事ができてる？」

優蘭は少し考えた。しかしはい、とはっきり言う。

「今まではちょっと違う感覚ですが……楽しい、と思います。人伝《ひとづて》に聞いたり、遠巻きに眺めたりするくらいしか今はできていませんが……婕妤様が後宮の皆様と仲良くやれているのは、純粋に嬉《うれ》しいです」

自分が直接介入しないで他者に任せるという違いこそあれ、楽しいことに違いはないだろう。

そう屈託なく言えば、陽明はひどく安心した顔をした。

「そっか……そっかー。良かった。珀長官が空泉くんの言葉のせいで悩んでたように見えたから、ずっと気になってたんだよね」

それを聞いて、優蘭はぐっと喉《のど》を詰まらせた。

そして視線を彷徨《さまよ》わせつつ、呟《つぶや》く。

「そ、そんなにあからさまでしたか、私……それなら正直、失格というか……」

「いや、ちゃんとしてたと思うよ。でも、空泉くんの言ったことが珀長官のやり方と合っていなかったから、きっと混乱しただろうなとは思った」

「……やり方、ですか？」

「うん」

陽明はこくりと頷いて、右手の人差し指を立てた。

「まず、空泉くん。彼はさ、国とかそういうのを守るためなら、他人を切り捨てることができる人間なんだ。その上で、外交経験も多くて相手と戦う術《すべ》を身につけてる。彼が持ってるのは、そういうので培われてきた覚悟なんだ」

「なるほど……」

「僕たちみたいな官吏も、空泉くんほどじゃないにしてもそういう人が多いと思う。大のためなら、小の犠牲はやむを得ないと考えてしまうんだ。腐ったものをそばに置いておくと、となりにあるものも腐る。だから取り除く。そういうのね。だから、珀長官とは考えが根本的に合わないんだ」

陽明の言葉に対して、優蘭はただただこくこく、と頷く。

それを確認しながら、陽明は左手の人差し指を立てた。

「その一方で、珀長官は違う。個を守るために、周りにできる限り影響を与えないよう考えた上で、全力を出せる人だ。だからあなたが抱くような覚悟は、守るべき人たちを前にしたらすぐにできちゃうんだよ。僕が気にするなって言ったのは、そのためね」

「あ……言われてみたら、確かに……」

優蘭の行動原理はいつだって、個人に向けたものだ。そして要らないものを取り除こうとする空泉のやり方と、個人の感情に寄り添って最大限の努力をしようとする優蘭のやり方とでは、どう足掻《あが》いても一致しない。

そう自覚した瞬間、優蘭の心に刺さっていた魚の小骨が、驚くほど簡単に抜けていくような心地にさせられた。

優蘭は驚きのあまり、陽明の顔を見る。

「あ、ありがとうございます……悩みが解決しました」

「あ、本当？　それなら良かった。若者の悩みを解決して導くのが、僕たち上の世代の仕事だからね」

そう声をあげて笑った陽明だが、しかし直《す》ぐに困ったような顔をする。

「……というのはもちろん、本音なんだけど。珀長官が今こうして後宮で仕事をしていることに関しては、僕のほうでも責任を感じてるんだよね。だから気になっちゃって」

「……えっと、何かありましたか……？」

「……うん。だってあなたを陛下に推薦したのは、僕だから」

予想外の言葉に、優蘭は声もなく陽明を凝視する。

すると陽明は、どこからともなく眼鏡を取り出してかけた。

その姿を見た優蘭の脳裏に、一人の人物が浮かび上がる。

「え、あ!?　も、もしかしなくても、楊《よう》様ですか!?」

「……うん、そうです……」

「ボサボサの髪に度の合っていなそうな眼鏡、奥様の尻《しり》に敷かれ、娘さんたちにあれやこれやとせがまれておられた、楊様⁉」

「うん、そうなんだけど……僕、すごい印象だな」

「あ、も、申し訳ありません……印象が全然違っていたので、驚いてしまって……」

と言いつつもその人物は、優蘭が何度か陽明と話をしていて既視感を覚えた人だった。

玉《ぎょく》商会で働いていたときのお得意様で、よく妻と娘のために、と化粧品を買ってくれていた。金払いは良いが身なりがあまり良くなくチグハグな人だったので、優蘭の印象に強く残っていた。

え、じゃあ何、えーっと……？

混乱する頭で、優蘭は推測を口にする。

「もしかして、玉商会に通ってくださっていたのは、任務で……？」

「あ、うん。そういうことになるね」

「では、奥様と娘さんは、架空の存在……？」

「いやいやいや、それは本当！　そして使用感を聞いたらすっかり気に入っちゃって、それからも買いに行かされたって部分も事実ね⁉」

よ、良かった〜。一瞬憐《あわ》れみそうになってしまったわ……！

どちらにせよ家での扱いはかなり雑だと思うが、それはさておき。

今まで少しだけ気になっていたことがここで解消され、優蘭はとても清々《すがすが》しい気持ちになっていた。

「そうでしたか……楊様が杜左丞相で、私の商人としての働きぶりを見た上で、お選びくださったのですね……」

「うん、陛下のご意向に沿うのであれば、僕たちみたいな切り捨てる人間じゃなく、守ってくれる人間がいいと思ったんだ。その条件に、珀長官はぴたりと合致した」

「なるほど。そこまで買っていて頂けたのは、純粋に嬉しいです」

「……いやでも、そのために陛下が婚姻させたこととか、僕も補佐に入るところを遠征を命じられたせいでできなかったこととか……こちらの都合で、ものすごく迷惑をかけたと思う。その点に関しての責任は、全て僕にあるんだ。もし何か不満があるようなら、今この場で言って欲しい」

まるで首を差し出すように頭を下げられて、優蘭は内心たじろいだ。

と、言われても……。

ぽりぽりと頬を掻《か》いて真剣に考えてみたが、優蘭の答えは一つだ。なのでゆっくりと慎重に言葉を発する。

「その、ですね」

「うん」

「大変なことはたくさんありますが……正直、感謝しています。だって後宮妃の管理人《このしごと》は私にとって、天職のようなものですから」

商人時代から、優蘭はずっと綺麗《きれい》になりたい女性のために何ができるかと考えていた。

それは今も変わらない。

しかし今はそれと同時に、悩み苦しむ女性たち一人一人にできる限り寄り添って、最善の方法に導きたいと思っている。

それはきっと、後宮に来なければできなかったことだ。

「多分、あのまま商人を続けていても、女性たちの手助けはできたと思います。ですが後宮に入ったからこそ、私はより多くの女性たちの手助けをすることができている、と考えています」

実際、妃嬪方《ひひんがた》を広告塔として売り出した商品の売り上げは好調だし、一挙両得よね。

ここまで両者の利益が一致する仕事というのもない。

「それに、こ……珀右丞相《うじょうしょう》に出会うことができたのは間違いなく、この仕事のおかげですので……杜左丞相に言うことは、何もありません」

そうきっぱり言い切れば、顔を上げた陽明は虚を衝《つ》かれたような顔をした。しかし直ぐに表情を緩め、眉《まゆ》を八の字にする。

「……そっか……あなたがそう言ってくれるなら、良かった……」

「はい。あ、ですがこれからも、何かあればご助言いただけると嬉しいです。今回の件で、自分もまだまだ経験不足だと痛感しましたので……」

そう遠い目をしながら言えば、陽明は一も二もなく頷《うなず》いて微笑《ほほえ》む。

「もちろん。あなたたち次世代を育て導くのも、僕の仕事だからね」

「頼もしいお言葉です。夫婦共々、よろしくお願いいたします」

「うん、こちらこそ、よろしくね」

そう互いに笑ってから、二人はすっかり冷めてしまった茶を飲んだ。

あーちょっともやもやしてたことが色々とまとめてすっきりして、良かったわ。

陽明のおかげで、今日はぐっすり眠れそうだ。

そう思い、内心ほっとしていたときだった。

──一人の宦官《かんがん》が、部屋に飛び込んできたのだ。

驚きのあまり腰を浮かせて相手を見れば、それは五彩宦官の一人、悠青《ゆうせい》だった。

「ちょっ、入室許可もなく何してるの⁉」

思わず声をひっくり返して叫んだ優蘭だったが、悠青は顔を真っ青にして唇を戦慄《わなな》かせている。

「も、もうしわけ、ありません。ですが、それどころではなくて……！」

「……うん、緊急事態みたいだね。今回だけ無礼は許そう」

「多大なるご配慮をいただき、誠にありがとうございます、杜左丞相」

寛大な心で許してくれた陽明にペコリと頭を下げてから、優蘭は縮こまる悠青に対して問う。

「それで、何があったの？」

「は、はい、そ、の、」

婕妤様が、家出をされました。

……………………は？

木簡を手渡された後に言われた台詞《せりふ》に、優蘭は呆然《ぼうぜん》としたのだった——

＊

左丞相の執務室から直ぐ様後宮に帰還した優蘭は、桜綾の居住部屋がある中級妃嬪《ひひん》が住まう区画の一つ、真珠殿《しんじゅでん》にきていた。

中級以下の妃嬪はこのように屋敷の中で部屋割りをされ、与えられた区画で生活している。位が下になればなるほど与えられる部屋の数は減り、つけられる侍女や女官が減るのが普通だった。

しかし皇帝から寵愛《ちょうあい》された場合は優蘭が今使っている水晶殿《すいしょうでん》の改装前の宮殿のように、小さいながらも一つの屋敷が与えられることもあるとか。

桜綾が使っていたのは真珠殿の東側に面した区画だった。そこを訪れれば、既に麗月《れいげつ》が中にいる。

「麗月」

そうひと声かければ、麗月は美しい黒髪を翻してこちらを見た。

「お疲れ様です、優蘭様。今ちょうど、侍女たちからお話を伺っていたところなのです」

麗月の言うとおり、室内には麗月以外に爽と桜綾付きの侍女、女官たちが並んでいる。

女官たちは皆顔を真っ青にしていた。

しかし和宮皇国から連れてきた侍女たちは、一人を除き顔色一つ変えていない。

それを瞬時に確認した優蘭は、胸にもやもやしたものがたまるのを感じながらも麗月に問いかけた。

「それで、状況は」

「はい。本日も修儀《しゅうぎ》様が婕妤様のお部屋に行かれましたところ、返答がなかったようです。それを変に思った修儀様が寝室をこじ開けたところ中には誰もおらず、書き置きだけがぽつんと残されていたとか」

書き置きに関しては、優蘭も目を通したので知っている。

木簡にはただ一言、たどたどしい黎暉大国語で『捜さないでください。』とだけ綴《つづ》られていた。

麗月の説明を聞いて爽に目を向ければ、彼女はこくりと頷く。

それを確認し、優蘭の頭がずきずきと痛み出す。

聞きたいこと、気になる点は山ほどあるけど……まず、聞かなきゃいけないことはこれよね。

そう思い、優蘭は侍女たちに目を向けた。

「あと数刻すれば昼餉《ひるげ》の時間なのですが……朝餉のほうは、取られたのですか」

「はい」

「その後、部屋には入られましたか？」

「はい。ですがいつも通りのご様子でした」

玉琳がうっすらと笑みを貼り付けた顔で、一言そう言う。

しかし部屋の様子から見て、それが嘘《うそ》だということを優蘭は悟った。

だって几《つくえ》の上に置いてある食器を下げていないなんて、おかしいもの。

ちらっと見たところ、全て平らげてはいるようだ。しかし皿が乾いてカピカピになっているのを見る限り、取りにきてはいない。その段階で、桜綾が朝餉を取ってからかなりの間、この部屋には誰も入っていないということが分かる。

なのにいけしゃあしゃあと嘘を述べるこの侍女頭の頭に、今すぐ鉄拳《てっけん》を食らわせてやりたい気持ちだったが、そこをぐっと堪《こら》えて優蘭は深呼吸をした。

「……ひとまず、手分けして捜しましょうか」

しかしその言葉に、玉琳は言う。

「いずれ戻ってこられるかと思います。なので、ここまでの騒ぎにするようなことではないかと……」

何を言っているんだこの女は、と優蘭は思った。だが玉琳は何食わぬ顔で言葉を続ける。

「祖国でも、桜綾様は書き置きだけを残してどこかへ姿を眩《くら》ませたことがございます。ですがその後にご自身で戻ってこられました。今回も同じ、ただの子どもの癇癪《かんしゃく》かと……」

そう言った玉琳が、ハッとした顔をして爽を見る。

「そうです、桜綾様が家出をされたのは、勉学が嫌になったからではないでしょうか？」

「……は？」

「そうです、だっていなくなられたのは、修儀様がいらっしゃる前ですもの。耐え切れなくなって、逃げ出したのでしょう」

きっとそうですと、玉琳は爽の目の前で何度もそう言った。挙句、躊躇《ためら》いなくこんなことを言う。

「やはり桜綾様を『勉強会』などというものに連れ出したこと自体、間違いだったのです」

優蘭は、深く息を吸い込んだ。そして強く拳《こぶし》を握り締める。

……今、この女にかまっている暇はないわ。

恐らく、こちらを怒らせる気なのだろう。あからさまにもほどがある。わざと他人を傷つける言葉を選んだこの侍女頭の策略に乗るつもりはなかった。

だから優蘭は、努めて冷静を装い口を開いた。

「……そうですか。そちらの言い分は分かりました」

そう言いながら、優蘭は冷めた目を玉琳に向ける。

「ですがそれが、婕妤様を捜さない理由にはなりません」

「……は？」

これ以上の会話は無駄だと思った優蘭は、その場に監視役として麗月を残し、宮殿の外で待機していた健美省の面々に指示を飛ばした。そうでもしていないと、怒りで我を忘れてしまいそうだったからだ。

そんな優蘭を見ていた爽が、おそるおそる声をかけてくる。

「あ、の、珀長官。わたくしのほうでも、妃嬪方に呼びかけをして捜すお手伝いをさせていただいても、構いませんか？」

「それは大変ありがたいご提案ですが……本当に、よろしいのですか？」

「はい、もちろんです」

爽はそう言って微笑む。

「他者を陥れることしか考えていない、あの程度の空っぽな言葉でへこたれるなど、あり得ません」

優蘭の言葉の意図を理解した上で、爽はきっぱりとした口調でそう言った。

それに、と爽は言葉を繋《つな》げる。

「わたくしよりもよっぽど、珀長官のほうが腹に据えかねているように思います。その姿を見ていたらわたくし、不思議と胸がスッといたしました。……珀長官を信じて本当に良かったと、改めて思います」

「……修儀様……」

「婕妤様と最近仲良くしていた方々に、声をかけてみますね。隠れているのであれば、そのほうが出てきやすいかもしれませんから」

そう言って立ち去る爽に、優蘭は深々と頭を下げる。

そして彼女がいなくなったのを確認してから、自身も桜綾を捜すべく、駆け出したのだった。

さて、どこを捜すか……。

優蘭が自身のために割り振ったのは、南西部だ。なら南西部を手当たり次第、というのもありだが、正直すごく効率が悪くて面倒臭いと思う。

そこで思い出したのは、ある場所の存在だ。優蘭が後宮に来て一番初めに聞き込みをした、例の場所。

「久々にあそこ、行ってみるか」

＊

巫桜綾《わきゅうおうこ》にとって〝優しさ〟とは、自分には決して与えられることのない無機質なモノだった。

誰も、優しくはしてくれない。存在さえ認めてくれない。

だから自分の存在を認めてもらおうと、暴れて。そして気味悪がられて、より人が遠のいていく。

最初のうちは子どもの癇癪だったが、それはいつしか桜綾なりの〝生存戦略〟になっていった。

だから、そういうふうなやり方でしか、人と関わり合えなくて。

それは黎暉大国に嫁がされてからも、変わらなかった。

半分は他の理由もあったけれど、でも半分は本当。

だから結局自分の居場所は、どこへ行っても作れないのだ。

そう、思っていた。

――あの日までは。

あの日。

『勉強会』に参加させられた日。桜綾の全てが変わった。

周りと円滑に関係を結ぶこと、そしてその上で必要な言語から知識まで、桜綾の教育係になった爽は全てを余すことなく教えてくれた。

それからだ。周囲の人間が、優しく接してくれるようになったのは。

今まで敵意を剥《む》き出しにされたり、怯《おび》えた目をして遠巻きにしていた人たちが当たり前のように関わってくれたことに初めのうちは戸惑ったが、周囲がまるで妹のように扱ってくれるのは、なんだかこそばゆくて胸がくすぐったくなった。彼女たちの笑い声を聞いていると、不思議と自分の表情も緩んでいくような気がする。

桜綾が拒絶したふりをしても、爽は根気よく桜綾の元に通ってくれ、毎日勉強を教えてくれた。おかげさまでもう、勉強が嫌いなんていう嘘をつく必要もなくなっている。

そして関わってくれた彼女たちは口々に、ある人の名前を出した。

『珀優蘭』。

後宮妃《きさき》の管理人。

桜綾が、信じていいのか分からないゆえに。そして玉琳が徹底的に、関わらないよう仕向けてきたゆえに。

今まで、避け続けてきた人の名を。

こちらがどれだけ避けても、あの手この手を使って関わろうとしてくれる。そんな彼女ならばあるいは、と桜綾は思った。

だけど。

だけどある日、気づいたのだ。

今与えられている優しさの中に、自分という異質なものがいることの気持ち悪さを。

自分に与えられるはずがないものに柔らかく包まれている、そのことに、言い知れぬ恐怖を覚えた。

そう気づいてしまったら、今あるものを全部ぶち壊して、どこかへ消えたくなった。

だから、一言だけ書き置きを残して逃げ出したのだ。

きっと桜綾の行動を、後宮にいる女性たちは誰も理解できないだろう。あれだけ関わろうとしてくれた爽も、桜綾のことを怒っているはずだ。

でももしかしたら、という気持ちもあった。

もしかしたら、そう、もしかしたら。

母親が妹にしていたみたいに、自分のことを捜してくれるかもしれない、なんて。

そんなこと、あるはずないのに。

捜すなと書き置きを残したのは、桜綾だ。その言葉通りに受け取られたなら、誰も捜してはくれない。

だから桜綾はとある場所——温室の片隅で、膝《ひざ》を抱えてうずくまった。

まるで子どものように。

そんなとき。

頭上から、そんな声が降ってきた。

「……婕妤様、みーつけた」

そこにいたのは。

後宮妃の管理人、珀優蘭だった。

彼女は特に何を聞くでもなく、桜綾のとなりに腰を下ろす。

「いやー意外と早く見つけられました。春になったとはいえまだ朝晩は冷えますから、遅くならずよかったです」

「どう、やって……」

「どうやって捜したのか、ですか？　内服司の女官たちに聞いたんですよ。あそこ、色々な場所へ行って洗濯物を回収するので、相当変な場所に行かない限り目撃されていることが多いんです」

だから婕妤様も、もし誰にも見つからないように隠れたいなら、気を付けたほうがいいですよ。

そう優蘭は笑って言ったが、桜綾が一番聞きたいのはそこではなかった。

「……なん、で……」

なんで、捜してくれたのか。そう聞こうとして、口をつぐむ。

しかし優蘭は桜綾の思考を悟ったように、さくさくと説明をしてくれた。

「本当に捜さないで欲しいなら、あんな書き置き残さないと思いまして。なので、皆で捜しちゃいました」

図星を指されて、桜綾の頬が赤くなる。それを隠すために俯《うつむ》けば、くすくすと笑われた。

初めて顔をまともに合わせたが、不思議と話しやすい気がする。何より自分がして欲しかったことをしてくれたことは、純粋に嬉《うれ》しかった。

かといって、素直にお礼など言えるはずもない。だから桜綾は俯いたまま、口を開く。

「……違うもん。一人になりたかったから、捜さないで欲しかっただけだもん」

「あ、そうだったんですね。これは失礼しました。……まあどちらにしても、姿が見えなかったら捜していたと思いますが」

「……どうして？　仕事だから？」

意地の悪い言葉ばかりが、口をついて出る。

せっかく黎暉大国語をすらすらと話せるようになったのに、爽が根気よく教えてくれたのに、これではきたときと何も変わらない。ただのわがまま姫だ。

そう思って落ち込んでいたら、優蘭は言った。

「もちろんお仕事だからというのはありますが……純粋に、心配だからです」

「……え？」

「何か大変な目に遭って、泣いていたり、怪我《けが》をしていたり。そうしたら嫌だなと思うから、私は捜しにきたんです。人はそれを、〝心配〟と呼びますね」

心配。

桜綾を、心配してくれたというのか。

だってわたしは、要らない子で。いてもいなくても変わらない子なのに。

胸の内側からわけも分からず熱が込み上げてきて、桜綾は激情のままに叫ぶ。

「……うそ。うそウソ嘘《うそ》、そんなの、嘘！」

突然叫び出した桜綾を見て、優蘭は目を丸くする。しかしたじろぐようなことはなく、むしろ体をこちらに向けて問いかけてきた。

「……なぜ嘘だと、思うんですか？」

じりっと、桜綾は後ろに下がる。

「……だって誰もわたしのこと、必要としてないから。わたし、要らない子だから」

「……本当に要らないと思ったなら、誰も関わろうとなんてしませんよ。それは婕妤様に勉学を教えていた修儀様とて同じです」

爽の名前を出されると、より胸を掻《か》きむしりたい気持ちにさせられる。

だから、思ってもいないことを口走ってしまった。

「あの人だってわたしのこと、嘲笑《あざわら》ってる！　陰で『こんなこともできない無能なんて』って笑ってるわ！」

瞬間。

桜綾の頬を、優蘭の両手が摑《つか》んだ。無理やり顔を上げられた先には、怒りをたたえた優蘭の顔がある。

「いいですか、婕妤様」

低く唸《うな》るような、感情を抑え込んだ声音で、優蘭は言う。

「真実は、一人一人の中にあります。ですから確かに婕妤様の言う通り、修儀様は内心で、婕妤様のことを嘲笑っているかもしれません」

それを聞いた桜綾が「なら、」と口を挟もうとしたら、優蘭は「黙って聞きなさい」と一蹴《いっしゅう》する。そして言った。

「いいですか？　婕妤様。内実がどうであれ、事実……実際に修儀様にしてもらったことは、決して変わらないんです。そこだけは決して履き違えてはいけません。今も、修儀様は妃嬪方《ひひんがた》に協力をお願いして、あなたを捜す手伝いをしてくれています」

「……あ……」

「あなたの侍女頭に、『あなたのせいで桜綾様は逃げ出したのだ』といわれのない言いがかりをつけられたにもかかわらず、です。……それでもまだあなたは、彼女のことを悪く言いますか？」

知らなかったことを山ほど教えられて、そして確かな優しさに触れて。

桜綾の瞳《ひとみ》からぽろぽろと、涙がこぼれる。

「関係を壊すのは一瞬、しかし、積み上げるのは何年もかかります。……ですからどうか、本当に大切にしなければならないものをご自身の手で壊すのはやめてください。他人だけでなく自分も傷つけるのは、やめてください」

「あ……あぁっ……」

「……いいですね？　『桜子《さくらこ》様』」

久しく。それはもう、祖国でも親友意外にまともに呼ばれていなかった自身の本当の名前を呼ばれて、桜綾の涙腺《るいせん》が完全に崩壊する。

優蘭に支えられるようにしてわんわん泣きながら、桜綾は嗚咽《おえつ》混じりに叫ぶ。

「ご、ごめんなさい、ごめんなさいごめんなさい」

思ってもないような悪口を言ってごめんなさい。

試すようなことをしてごめんなさい。

せっかくもらったものを自分の手で壊そうとしてごめんなさい。

それ以外にも謝りたいことはたくさんあったけど、今口にできたのは「ごめんなさい」という言葉だけだった。

そんな桜綾を優しく抱き締めながら、優蘭は背中をただ優しく撫《な》でてくれる。

桜綾の涙がある程度の時間を経て止まれば、顔を布で拭《ぬぐ》ってくれた。

そして手を引いて、一緒に歩き始めた。

「さて、婕妤様。戻って、みんなに心配をかけたことを謝りましょうか」

「……う、ん……珀、長官」

「はい、なんでしょう」

「……優蘭って呼んでもいい？」

「お好きにどうぞ」

「……ねえ優蘭」

「なんでしょう」

「……『桜子』ってまた呼んで」

それに対して優蘭は少し困った顔をして、

「……周りに人がいないときだけなら」

そう、笑った。

それから、捜してくれた爽たちに謝って。叱られて。でもまた会う約束をして。

玉琳の冷めた、でもこちらを探るような視線を無視しながら、桜綾は一人部屋で夕餉《ゆうげ》を食べた。

そしてちょうど食器を取りにきた唯一無二の侍女に言う。

「……信じることにした。だから、お願いね」

『雪《ゆき》』。

そう呼ばれた侍女は一つ瞬《まばた》くと、深々と頭を下げて退出した。

翌日の夜、健美省の元に『密《ひそ》かに会って話がしたい』という文が投げ込まれる。

これによりようやく、歯車が噛《か》み合い回り始めた——

# 第五章　妻、牡丹祭にて妃たちを演出する

牡丹《ぼたん》祭まで、残り五日の朝。

そしてそれは、牡丹祭参加者たちが宮廷から旅立つ日でもある。

というのも牡丹祭が行なわれる霊廟《れいびょう》があるのは都のある天華州《てんかしゅう》の最北。薇鮮州《びせんしゅう》に最も近い場所だからだ。

すんなり進めば三日ほどで着いてしまう距離だが、大人数で移動するということもあり万が一を考え、余裕を持った日程を組んでいる。

後宮からは四夫人と爽《しょう》、そして残り一人の寵妃《ちょうひ》を含めた六人と桜綾《おうりょう》、そして数名の妃嬪、侍女や女官たちが参加することになっている。

人数でいうなら、ざっと四十人ほどだろうか。

馬車は荷物を載せるための荷馬車も含めて二十台ほどが、後宮の外へとつながる門の前に連なっている。その様はなかなか圧巻だった。

そんな中、それぞれの妃嬪が自身の馬車に乗るのを、健美省《けんびしょう》長官である珀優蘭《はくゆうらん》は最後まで残って見届けた。

天気もいいみたいだし、ひとまず今日は問題なさそうね。

雲ひとつない青空を見上げ、優蘭はほっと息を吐く。

そして最後にもう一度周囲をぐるりと回って確認をしてから、列の先頭に位置する自身の馬車に乗り込んだ。

中には既に麗月《れいげつ》が乗車しており、優蘭が入ってくるのを見ると微笑《ほほえ》んでくれる。

「お疲れ様です、優蘭様」

「……ええ、麗月も、朝から準備お疲れ様」

口にして、久方ぶりの呼びかけに違和感を覚える。同じ顔だが、持つ雰囲気から中身が全くの別人だと判別がつくくらい、優蘭が彼らとそばにいることも一因だろう。

だって、そう。

目の前にいるのは、蕭《しょう》麗月を演じる、珀皓月《こうげつ》だ。

何かあった際、そのほうが都合が良《い》いからという理由で、今二人は入れ替わっている。

そして今回の牡丹祭は、そういう不測の事態が起きることが既に決まった祭事だった。

＊

——話は、数日前に遡《さかのぼ》る。

全ての問題は、健美省に届いた文から始まった。

その文の指定時間通りに指定場所へ、優蘭は麗月に化けた皓月と一緒に向かった。

何かあったときに戦える皓月がそばにいてくれたほうが都合が良かったというのもあるが、一番の理由は健美省の面々だけでは判断と対応に困る案件だと踏んだから。

そして指定場所は、優蘭が家出をした桜綾のことを見つけた温室、玻璃《はり》庭園だった。

昼間は外の光を存分に取り入れて温かいはずのここも、夜はひんやりとしている。手入れの行き届いた植物たちもひっそりと息をひそめて、夜の闇に溶け込んでいた。

そしてそこで待ち構えていたのは、桜綾……ではなく。

雪花《せっか》。

そう呼ばれる、一人の侍女だった。

顔を合わせて早々、彼女は言う。

「お願いいたします。我が君を、どうか助けてください」

そう深々と頭を下げてから、雪花は全ての事情を明かしてくれた。

まず、桜綾の祖国での立場についてだ。

「桜綾様はわがままな姫ということで通っていますが、わたしから言わせれば真実ではありません。——わがままにならざるを得なかった。それと同時にわがままでいることが、桜綾様にとっての自己防衛策だったんです」

「……どういうことですか」

「……一つずつ、説明させていただきます」

雪花はそう言うと、ふう、と息を吐く。緊張していることがありありと分かった。

それでも、と雪花は口を湿らせてから言葉を繋《つな》ぐ。

「そもそも桜綾様は、皇后様が産んだ子ではありません。その皇后様についていた侍女に陛下が手を出したことによって生まれた、不義の子なのです」

その話をされた瞬間、優蘭は頭を鈍器で殴られたときのような独特の痛みを感じた。

不義の子。

正直言ってそういう子どもは、別段珍しくない。子どもを残すことは、貴族や皇族にとっての最優先事項だからだ。

気になる点は、その不義の子のほうが第一皇女を名乗っていたということ。

一番の問題は、その不義の子が一体どうして、皇后の子を名乗っているのかだろう。

その点に関しても、雪花は丁寧に説明してくれる。

「皇后様は、陛下の不誠実さも、自身の侍女の裏切りも許せなかったのです。ですから侍女から子どもを取り上げて殺し、陛下には殺した侍女の姿を見せつけ、己の罪である桜綾様を生かして見せつける形で苦しめようと考えられたそうです」

「それ、は」

「皇后様のご実家が国一番の裕福な貴族で、多大なる金銭援助をしてくれていたことも、皇后様が宮廷内で権力を振るっておられる理由の一つです。また、その貴族は数代前に杏《あん》津帝国《つていこく》の貴族が嫁いでいたのです。……ですから和宮《かずのみや》皇国における現政権の真の支配者は、皇后様になります。陛下はあくまでお飾り、都合の良い人形でしかありません」

続々と判明していく新事実に、頭がクラクラしてくる。どこからともなく湧き上がってくる形容し難い感情の渦に、今にも飲み込まれそうだ。

それでもとなりにいる皓月が毅然《きぜん》とした態度を取ってくれていたから、なんとか平静を保てた。

一方の雪花も、話をするだけで精神的にいっぱいいっぱいなのだろう。両手で服の裾《すそ》を摑《つか》みながら、俯《うつむ》きがちに話を続ける。

「そんな中生まれた桜綾様を、皇后様は決して愛されませんでした。陛下もご自身の罪から逃れるように会いに来ず、皇后様の怒りに触れたら大変なことになるから、と侍女や女官も積極的に関わろうとはしませんでした。特に桜綾様がお生まれになった数ヶ月後に皇后様の懐妊が分かってからは、腫《は》れ物のように扱われました。そんな状態が理解できず、構って欲しくてわがままを言うようになった……それが、桜綾様がわがまま姫と呼ばれた理由の一つです」

雪花は苦しそうに顔を歪《ゆが》めながらも、言葉を重ねる。

「そしてわがままな態度から、教育もまともに受けていなかったと一部の間では言われていましたが、それは正しくありません。そもそも、その手間すらかけてもらえなかったのです。……不義の子、でしたから」

不義の子という言葉が、三人の間に重たくのしかかる。

しかし雪花はそこで顔を上げ、自身の胸元に手を当てた。

「そこで、桜綾様の遊び相手兼世話係としてつくことになったのがわたしとわたしの母でした。何故《なぜ》そうなったのかと言いますと……半分は、お目付役。そしてもう半分は、桜綾様をお守りし、目的を果たすためです。……わたしは、桜綾様のお母上の兄の娘。つまり、桜綾様とは従姉妹《いとこ》関係にあるんです」

「……………………えっ？」

寝耳に水な極秘事項をさらっと告げられて、優蘭は動揺してしまった。その様子を見た雪花は苦笑する。

「我が一族は古くから、旅館を経営しておりました。他国の貴人の方を接待するのにも使われておりましたから、皇后様も一家取り潰《つぶ》しはしたくなかったのでしょうね。なので不問にする代わりに、ある条件を突き付けてきました」

雪花は覚悟を決めるかのように、すうっと大きく息を吸い込んだ。

そして、一言一言はっきりと。絞り出すように言う。

「皇后様は我が一族を許す条件として、桜綾様の行動を監視すること。そしていざというときは、桜綾様を処分することを入れたのです」

雪花は一体どんな気持ちで、桜綾のそばに居続けたのだろう。

優蘭は思わずそれを想像してしまいそうになり、しかしやめた。そんなこと、想像しなくとも分かっていたからだ。

だからそれを振り払う意味で、敢《あ》えてもう一つのほうに触れることにする。

「……ではもう半分の目的とは、どういうことになるのですか」

「はい。こちらが、わたしの一族の真の目的……皇后様への復讐《ふくしゅう》です。我が一族は、桜綾様のお母上のことを愛していました。わたしの祖父母のみならずわたしの父も、それはもう、目に入れても痛くないほど可愛《かわい》がっていた娘であり妹だったのです。婚約者もいて、互いに愛し合っていました。皇后様の侍女を辞めた後、結婚する予定だったのです」

「……つまり、和宮皇国の皇帝は、婕妤《しょうよ》様のお母上を手篭《てご》めにされたのですね」

「……はい、仰《おっしゃ》るとおりです」

蓋《ふた》を開けば開くほど見るのもおぞましいくらいの醜悪なものが出てきて、優蘭は内心嫌悪する。皓月も同様のものを感じたようで、わずかだが眉《まゆ》をひそめるのが見えた。

それが顔に出ないよう気を配りながら、優蘭は話を聞き続ける。

「そのとき、我が一族の皇族に対する忠誠心は消え失《う》せました。同時に、皇后様に対しての危惧《きぐ》も覚えたそうです。実際、杏津帝国との友好関係が強化されたのも、この辺りからでした。和宮皇国が内側から、杏津帝国に乗っ取られる。そう思ったのです」

「なる、ほど……」

こんなところで杏津帝国と繋がることになるとは、全く想像もしていなかった。

しかしこれではっきりする。

このまま皇后の思う通りに事が運べば、和宮皇国にとっても不利になるってことね……。

優蘭としても、戦争なんかが起きて国交が断絶してもらっては困るのだ。和宮皇国と玉《ぎょく》商会は多く取引をしているし、優蘭としてもまだまだ試してみたい美容品や食材が山ほどある。それを奪われるのは後宮のみならず、多くの商会にとっても大損失になる。

となると、やはり鍵《かぎ》となるのは桜綾なのだろう。

そう予想していると、雪花も同じことを説明しようとしていたらしく桜綾の名前を出す。

「そして、皇后様はそのために桜綾様を嫁がせて、何かしらの理由をつけて殺害、その罪を黎暉大国《れいきたいこく》の人間になすりつけることで戦争の火種にしようとしています。皇后様としては厄介払い、ついでに最大限利用してすべてを闇に葬り去るおつもりなのです」

「なるほど、話は分かりました。問題は、どのような方法で桜綾様を殺害しようとしているか、です」

「はい。その点に関しても、計画は全て玉琳《ぎょくりん》様から聞いています」

どうやら第一案は、桜綾に対して憎悪を抱いた妃嬪《ひひん》の誰かが毒を盛ったように見せかけ、暗殺するつもりだったらしい。しかし桜綾に対しての悪感情が優蘭の策略によって消えたため、第二案を採用することにしたそうだ。

その話を聞いて優蘭は、苦々しい顔をする。

「……玉琳様は、皇后様の手先だったのですね」

「はい。本来ならばわたしにその役目を与えていましたが、確実を期すために玉琳様を侍女頭に。……その玉琳様は、牡丹《ぼたん》祭の当日に桜綾様の寝室に火をつけることを計画されています」

「……火、ですか？」

「はい。黎暉大国では、春を呼ぶ神と太陽神を同一視しておりますよね？　また、皇帝陛下は太陽神の末裔《まつえい》と言われているとか。太陽と言えば熱く、熱いといえば火になります。その太陽神が、天罰と称してご自身の象徴とも言われる祭事で、和宮皇国の姫を燃やす。つまり黎暉大国そのものが、和宮皇国との関係を拒絶している……というのが、筋書きのようです」

色々と気になる点はある作戦だが、よくもまあ思いついたなと思う筋書きである。特にこちらの神話系統まで取り入れてくるとは。敵ながら、その案には少し感心してしまった。

それは皓月も同じだったようで、「面白い作戦ですね」としきりに頷《うなず》いている。

雪花はさらに詳しく概要を説明した。

「成功率を上げるために、食事に睡眠薬を混ぜることも検討しているようです。ただこちらは疑われる原因にもなりますから、あくまで検討だとか。わたしにも、それを手伝うように玉琳様は言いました」

「そうですか……」

優蘭はううむ、と腕を組んで考えた。向こうの出方が分かっているのだから対策のしようはあるのだが、ただ桜綾を別の場所に移してことなきを得るのだけでは、優蘭の腹の虫が治まらない。玉琳共々、桜綾のことを物だとしか思っていないような和宮皇国の面々に一泡吹かせてやりたいと思った。

そして何より、黎暉大国の神話を悪用するというその思考が許せない……。

そこで、優蘭の中に何かがひらめいた。

「……………あ、そっか。こっちも神話を利用すればいいのか」

こちらはもちろん、悪用ではなく善用である。むしろこの件が上手《うま》くいけば皇族の権威は未《いま》だに衰えていないということを示す結果にもなるので、神様とて大目に見てくれるはずだと優蘭は勝手に結論付けた。

ぐっと拳《こぶし》を握り締めて一人呟《つぶや》く優蘭に雪花は動揺していたが、皓月は「またいつものやつがきましたね」と言わんばかりの顔をして期待の眼差《まなざ》しを向けてくる。

その期待に応《こた》えるべく、優蘭は言った。

「玉琳様を含めた和宮皇国の方々に、不意打ちを食らわせる作戦を思いつきました！」

「それは一体っ？」

「はい」

優蘭はにんまり笑う。

「牡丹の精霊様に、ご降臨いただくのです」

――ちゃりーん。

慣れ親しんだ音が、しっくりくる感じと共に脳裏に響いたのだった。

＊

そうして、現在に至る、というわけだ。

馬車に揺られつつ過去を振り返っていたが、今思ってもひどい作戦だなと思う。

私のいつも通り突拍子もない作戦を皓月が綺麗《きれい》にまとめ、そこに陛下のみならず杜左《とさ》丞相《じょうしょう》、江尚書《こうしょうしょ》までが盛大に乗っかり、郭《かく》将軍まで駆り出されるとか……悪夢だわ。

正直、玉琳のことが不憫《ふびん》になってきた。まあいくら不憫だろうが、やめるつもりはさらさらないのだが。

大人の本気はいつだって大人げないと実感する。

とりあえず雪花の話によると、玉琳は牡丹祭の後に動き出す予定らしい。なので道中は何もないだろうが、だとしても普通に刺客がくる可能性もあった。

ということもあり、気は抜けない。

その上、玉琳をぎゃふんと言わせるために作戦を練ったため、結局のところ優蘭のやることも増えた。

どうしていつもこういうことに……と思うが、今回は自分から言い出したことだ。やってやる。

半ばやけになりながらも、優蘭は道中で何も起きないことを、馬車内でただただ祈ったのだった。

優蘭の祈りが通じたのか、移動の際に問題は起きず、日程通り三日をかけて、一同は牡丹祭の会場である牡丹霊廟《れいびょう》にきていた。

普段は神官たちだけが住み、ここを管理しているらしい。

霊廟本体は中心にあり、それを囲うようにいくつかの建物が立っている。それら全てを背の高い塀がぐるりと囲っていて、これらをまとめて牡丹霊廟というそうだ。そして霊廟以外の建物が、牡丹祭が始まるまでの居住場所となる。

皇帝の泊まる建物、四夫人と寵妃《ちょうひ》たちが泊まる建物、その他の妃嬪たちが泊まる建物……ときっちり分けられていて、驚く。

場所の確認も兼ねて皓月と共に全体を回れば、あちこちに植えられた牡丹の花が美しく咲いていた。

植えられている牡丹は紫や赤紫で統一されており、高貴でありながらも主張しすぎない、独特の雰囲気を醸し出している。皇族の色の花なので栽培する場所は限られているとか。

その中でもこの霊廟の牡丹は専属の庭師が丹精込めて育てたもので、ここを見るのを楽しみにしている妃嬪もいると聞いた。

確かにこれは綺麗だわ。

香りも芳醇《ほうじゅん》で、心地《ここち》好《よ》い。百花の王を名乗るのにふさわしい気品と風格を兼ね備えた花だと、改めて感じた。

それを堪能《たんのう》してから、優蘭は麗月の姿をした皓月と別れて今回演劇を行なう四夫人と寵妃たちが宿泊する屋敷を訪れた。

妃嬪たちの健康状態の見極めをするのも、優蘭の仕事の一つだ。

それぞれの部屋で荷物を解《ほど》いている侍女や女官たちにねぎらいの言葉をかけつつ、優蘭は四夫人たちが待機しているとされる中央の休憩室に入る。

そこでは四夫人たちが穏やかに談笑をしている――なんてことはなく。

桂英《けいえい》や梅香《ばいこう》を含めた面々と、真剣な顔をして最後の打ち合わせをしていた。

あーでもないこーでもない、それはこっちの方がいいのでは？　といった具合で、見ているこちらとしてはいつ喧嘩《けんか》が起きるのかハラハラしてしまうのだが、そこはお互いにうまく調整しているようだ。

互いの意見をぶつけ合うその姿は、牡丹祭のための演劇練習を始めた頃から幾度となく見てきたが、なんとなく不思議な気持ちにさせられる。

私が後宮に入った頃は、全員ほぼ互いに交流もなく仲が悪かったのよね……。

それが、今はどうだろう。同じ舞台で成功をおさめるために切磋琢磨《せっさたくま》し合う関係になっているではないか。三日とはいえ慣れぬ空間、慣れぬ移動続きでくたびれているはずなのに、とちょっと感動してしまう。

話し合いの邪魔をするのも悪いのでこそこそとその場から抜け出した優蘭は、次に四夫人以外の妃嬪たちがまとめられている屋敷へ向かった。

四夫人たち同様侍女や女官たちが荷解きをする中、妃嬪たちは共用の休憩室にまとまっている。

こちらの中心になっているのは、桜綾と爽だった。

ガチガチに緊張した様子の桜綾が、たどたどしく言葉を紡ぐ。

「は、はじめまして、今回説明をさせていただく、桜綾です。ここ、こちらの菓子は……

かし、は……」

「婕妤様、そんなに緊張なされなくとも大丈夫です。となりには珀長官もいて、何かあれば補佐してくださいますから」

「は、はい。あ、でも覚えた言葉、飛んじゃった……」

桜綾がしょんぼりと、手元にある巻物に目を落とす。

そんな桜綾を元気付けようと、その音読を聞いていた妃嬪たちが色々案を出している。

「そうだ、あれはどうかしら。わたしがこう、他の方に見えない位置で巻物をかざすとか」

「あと緊張しないようにするには、周りにいる人間の顔を野菜だと思うと良《い》い、とか聞くわよね」

「最悪、巻物を持って出ちゃうとか」

それらの意見を聞いて、桜綾があわあわしている。

登場するなら今かな、と思い、優蘭はひょっこりと姿を現した。

「こんにちは。お疲れのところ、最後の調整をなさっているんですね。ありがとうございます」

そう言えば、桜綾と爽以外の妃嬪たちは「わたしたちは婕妤様の練習に付き合っているだけですけどね」と笑う。

肝心の桜綾は、「せっかくいただいた大仕事なので、頑張りたいんですが、でもどうしても緊張して頭が真っ白になってしまうんです……」としょぼくれていた。

「珀長官、婕妤様がすごく緊張しているようなんです。何か良い案ありませんか？」

「うーん、そうですねぇ……いっそのこと、お品書きでも作ってしまいましょうか」

「……お品書きを？」

「はい。菓子に関しては和宮皇国由来のものを出す予定なので、皆様聞き馴染《なじ》みがない言葉になるでしょう？　なら、お品書きと銘打って堂々と読み上げることを書きつつ、それを皆様に見せながら話す、というのはどうでしょうか？　そうすれば話すことが飛んでも大丈夫ですし、話そうとしたことを思い出させる呼び水にもなるかと」

そう言えば、桜綾がぱあっと表情を明るくする。

爽も「それはいいですね」と言って、早速専用の巻物を作ってくれることになった。

その姿を見て、優蘭はほっとする。

家出したときはどうなることかと思ったけど、丸くおさまってよかった。

あの日以来、桜綾はますます勉学に打ち込み、今までは怪しかった敬語に関してもしっかり覚えた。

礼儀作法に関しても厳しくも優しい先生たちに囲まれて叩《たた》き込まれたので、後宮にきた当初とは比べ物にならないくらいちゃんとしている。

だから優蘭はそんな彼女に、牡丹祭《ぼたん》における役割を与えることでよりやる気を出させたのだ。

そのおかげか、桜綾はこんなふうに明るく活動的になっている。

土壇場で担当を変えさせるのはどうかと思ってたんだけど……何かあっても補佐はするし、なんとかしましょう。

玉琳の動きが気になるところだが、それも今は置いておいてもいいだろう。

ひとまず妃嬪《ひひん》たちも大丈夫そうなことを確認した優蘭は、それから女官たちの屋敷を回ってから、牡丹祭に関する準備に移るべく、霊廟へ向かった。

――それからあっという間に二日が経《た》ち、牡丹祭が始まる。

さて、と。まずは第一関門、参りましょうか。

＊

牡丹祭は、日が頂点にくるお昼過ぎから始まる。

空泉《くうせん》による仰々しい口上の後、皇帝による宣言が開始の合図だ。

まず神官が長い祝詞《のりと》を捧《ささ》げ、今年も健やかな一年にして欲しいと乞《こ》う。

その後に官吏たちがずらりと一列に並んで、霊廟で眠る皇族の方々に供え物を捧げていく──というので、祭りの大半は潰《つぶ》れていくのだ。

正直、この待ち時間が何よりも苦しい。

眠いのを我慢してそのやりとりを見ているというだけで、大変な苦痛を伴った。

しかしそれが終われば、楽しい宴席である。

そこで目玉となるのはやはり、四夫人による演劇だった。

今までの牡丹祭で演劇が行なわれたことは、一度もない。

大抵の場合、楽器の演奏か舞だった。

でも、皇帝が飽きたとか言うから……色々と意見を出し合って考えたのよ。

その結果、多数決で選ばれたのが演劇だったというわけだ。もちろん演劇の内容は、黎暉大国の建国神話から取っている。

話はこうだ。

──その昔、たいそうな悪さをする妖狐《ようこ》がいた。狐《きつね》は女に化けては男を誑《たぶら》かし、ときには男同士を争わせ、楽しんでいたという。

そんな妖狐が次に目をつけたのが、太陽神と人間の女との間にできた男《お》の子だった。

妖狐はあの手この手で神の子を誑かそうとしたが、どれも難なく躱《かわ》されてしまう。それを悔しがった妖狐はとうとう、神の子が寵愛《ちょうあい》していた姫君を攫《さら》ってしまうのだ。

それに怒りをあらわにした神の子は、剣術に優れた武人、弓術に優れた武人、神術を巧みに操る巫女を味方につけ、妖狐に圧倒的な神の力を見せつけて寵姫《ちょうき》を救出する。妖狐は自身の分身を作り応戦したが、敵《かな》わなかった。

挙句妖狐の正体を見破った神の子に妖狐は倒され、バラバラにされたその後、各地に封印されてしまった——という話だ。

選んだ理由は二つ。

一つ目は、皇族の先祖を称《たた》えるための祭りなので、関連性があるものが良いと思ったから。

二つ目は、静華《じょうか》と梅香に剣を振るう役を当て、少しでもいいから達成感のようなものを得て欲しいと思ったからだった。

その配慮もあってか、武人役の二人はとても生き生きと模擬剣を振るってくれた。

演劇を見ている面々は、意外にも迫真の演技をする妖狐役の明貴《めいき》にどよめいたり、同じく妖狐役の寵妃・充媛《じゅうえん》があまりにも別人で驚いたり、神の子役の紫薔《ししょう》の高貴さにうっとりしたり、巫女役の爽の静謐《せいひつ》さに息を呑《の》んだり、寵姫役の鈴春《りんしゅん》の愛らしさに見惚《みほ》れたりしていた。

そして最後に妖狐が倒され、劇はつつがなく終わる。

演劇などと、と思って眉《まゆ》をひそめる高官もいたが概《おおむ》ね好評で、拍手も歓声も起こり優蘭はほっとする。

何より皇帝が、自身の寵愛する妃嬪たち全員が参加する演劇を観られてたいそう喜んでいたので、いいかなという気にさせられた。

と、ここまでは見ているだけだったけど……次は私も参加しなきゃいけないから、用意しなきゃ。

そう、次はいよいよ、菓子を配るのだ。

演劇を観ている間に豪勢な夕餉《ゆうげ》が出されていったのでもう食事は終わっており、あとは最後の菓子を残すのみ。

そして和宮皇国の菓子を使ったということもあり、優蘭はこの場で菓子の説明を入れようと思っていた。

その説明役に急遽抜擢《きゅうきょばってき》されたのが、桜綾だ。

お品書きと称した巻物を両手で握り締めた桜綾は、やはりガチガチに緊張している。

そんな彼女の背後に立っていた優蘭は、くすくすと笑った。

「大丈夫です、陛下のほうに巻物を向けて、内容を読み上げれば良いだけですから。もし言葉が出なくなったときは、私のほうでも補佐します」

「う、うん……でも、でもね……」

「はい」

「……誰かに期待してもらったのは、初めてなんです」

だから頑張りたいのだという桜綾を見て、優蘭は目を細めた。

ここにきたときはどうなるかと思ったけど……ひと月くらいで本当に成長したのね。

子の成長を見守る親というのは、こんな感じだろうか。不思議な気持ちだ。

そんな桜綾に活を入れるべく、優蘭はそっと彼女の背中を叩いた。

「……それでは、参りましょうか」

＊

桜綾は、今までにないくらい激しく緊張していた。

皇帝陛下の前に出た後は、頭が真っ白になって何がなんだか分からなくなる。

「陛下。食後の菓子の説明に入らせていただきます」

しかしとなりにいる優蘭の声がして、はっと意識を戻した。

こっそり横目で見れば、優蘭は起拝の礼をしながら満面の笑みを湛《たた》えている。

「この度ご用意させていただきましたのは全て、和宮皇国の菓子になります。つきましては私よりも適任であられる婕妤様から、ご説明させていただきますので、よろしくお願いします」

「よかろう」

きた。

そう思った桜綾は、爽に書いてもらった巻物をゆっくり開くと、それを皇帝に向けた。

「今回ご説明させていただく、桜綾です。……ま、まず、右手のほうからご覧ください」

今回全員に配られた横長の皿には、三つの菓子がちんまりと並んでいる。

桜綾はその中でも右端を示した。

巻物を見ながら、桜綾は説明をする。

「こ、こちらは、牡丹の花を模した、練り切りというお菓子です。しろ、あん、こ、こした白餡《しろあん》に、紅花から抽出した色水を使って、桃色に着色しました。真ん中の雌しべは、こちらもこした白餡に梔子《くちなし》で黄色く着色したものです」

「ほう、美しいな」

「は、はい。こした餡は滑らかな舌触りですので、普段とはまた違った味わいかと……」

一つ目の菓子の説明を終えると、少し緊張が解けてくる。

それに……知識だけはたくさん、あったから。

桜綾が祖国でよくこもっていた書庫は皇族専用のもので、しかしほとんど誰も使わないせいで静かだった。掃除だけはされているようだったけど、桜綾が端っこにいても誰も気付かない程度に、あそこには人が来なかった。

だからこういった知識も、書物から学んだ。

その知識の豊富さに、爽も優蘭も驚いて、でもとても褒めてくれたのを思い出す。

う、ん。大丈夫。

だって知識はある。それに、試作品も食べさせてもらった、もの。

内食司《ないしょくし》女官長は口数こそ少なかったが、食べ物に関しての熱意はすさまじかった。今回の菓子だって、かなりの試作を重ねていると聞いた。

その思いを、みんなに聞いてほしい。

桜綾は顔をあげ、皇帝を見上げた。

「……次に、真ん中のお菓子をご覧ください」

真ん中に置かれているのは、他の二品よりも地味な、小豆《あずき》色をしたまあるい菓子だ。

「こちらは、牡丹餅《ぼたもち》です。牡丹の餅、と書いて牡丹餅と読みます。炊いたお米を半分だけ潰して丸め、周りに小豆の餡子《あんこ》をまとわせたお菓子です」

「ふむ。地味だな」

「は、はい。ですが和宮皇国では、春の彼岸……ご先祖様に感謝を伝える際に作るものなんです。だから、その……この場に最も相応《ふさわ》しいお菓子かと思います」

「……なるほどな、面白い」

皇帝がふ、と笑ってくれる。

桜綾も緩く微笑《ほほえ》んだ。

陛下は反応してくださるから、話しやすい……。

言葉数自体は少ないが、ちゃんと話を聞いてくれているということが分かるので、桜綾も嬉《うれ》しくなる。

腹に力を込めた桜綾は、最後の菓子の説明をした。

「さ、最後は、水牡丹、と呼ばれるお菓子です。一つ目に紹介した練り切りに、葛粉《くずこ》をまとわせたお菓子になります」

「透き通っていて綺麗《きれい》だな」

「はい。見た目が涼しげなので、本当は太陽が照りつける夏の時季に食べるものなのですが……太陽神様の末裔《まつえい》であられる陛下の激情を冷まさせるには、ぴったりのお菓子かと思います」

「……なるほどな」

最後のほうの太陽神を絡める下りは、優蘭が考えたものだ。しかし周囲が感心したように頷《うなず》いているのを見て、間違っていなかったのだとほっとする。

それから二人は再度起拝の礼を取ると、皇帝の前から引いた。

それを皮切りに、官吏や妃嬪たちが菓子を頬張る。

その顔に笑みが浮かんでいるのを見て、桜綾は自身がちゃんと役目をこなしたということを実感したのだった――

＊

最後に出した菓子は、桜綾が混ぜた豆知識も含めて大変好評だった。

それから空泉による締めの挨拶《あいさつ》を経て、牡丹《ぼたん》祭はお開きとなる。

そうして無事に第一関門を乗り越えた珀優蘭はようやく、人心地ついた。

いや本当にもう、生きた心地がしなかったわ……。

桜綾に自信をつけるため。また、彼女の評価を手っ取り早く上げる意味も込めて、今回の菓子の説明を桜綾に任せたのだが、それが本当に正しいことだったのか、ずっと悩んでいたのだ。

なんせ桜綾は、まだ齢《よわい》十四だ。しかも今までまともな対人関係を持っていない。となれば、結果は未知数。

なので、いざとなれば優蘭が全ての責任を負う腹積もりでいたし、桜綾が口ごもるようなことがあれば直《す》ぐに自分が代わろうと思っていたのだ。

でも、それも杞憂《きゆう》だったわね。

最初のうちはガチガチに緊張していた桜綾だったが、皇帝がしっかりと話を聞いて桜綾の言葉を引き出してくれたこともあり、無事に最後まで役目を果たすことができた。

それもこれも、女性関係に関しては甘いところが多々ある皇帝のおかげである。

皇帝に心の底から感謝しつつ、優蘭が桜綾のことを褒めようと妃嬪《ひひん》たちが一時居住をしている屋敷に足を運んだのだが。

共用休憩所には既に、妃嬪たちに褒められてもみくちゃにされた桜綾の姿があった。

「すごく頑張ったわ！　見ていてこちらもドキドキしちゃった……！」

「本当にそう。あんなにツンツンしていた桜綾様が、こんなにも立派になって……勝手に感激してしまったわ」

「陛下とのやりとりもなんというか、ご兄妹《きょうだい》のようでほっこりしてしまったわ。陛下のお優しい一面が見られて、二重の意味でよかったわ」

そんな感じに、皆好き放題言いつつ桜綾を抱き締めたり、頭を撫《な》でたりしている。完全に末っ子扱いといった感じで、優蘭も勝手にほっこりしてしまった。

その中には四夫人たちの姿もあり、優蘭はおお、と勝手に感心する。

特に静華は、普段から勉強会等で関わっていることもあり、思い入れが人一倍強いのか。桜綾の成功を我がことのように喜んでいた。

肝心の桜綾が、困惑のためかあわあわしつつも、顔を真っ赤にしながら照れているのがなんとも言えず微笑ましい。

しかしその様子を、玉琳が射るような目つきで睨《にら》んでいるのを確認して、優蘭は目を細めた。

……面白くないんでしょうね。

それはそうだ。彼女が思い描いた本来の形とは大きく変わり、桜綾は後宮で妃嬪たちにその成長を見守られて、妹のように可愛《かわい》がられている。

後宮内で嫌われた桜綾のことを、侮辱されたことに憤った妃嬪がうっかり間違えて殺してしまう。当初はそう計画して桜綾の評判を故意的に落としていたのだから、現状を憎々しく思うのは当然だろう。

でも、脇が甘いのよ。

こうして優蘭に表情を見られているのが、何よりの証拠だ。自分が疑いをかけられているなど露ほども考えていない。それどころか、雪花が裏切っていることすら気づいていないのだろう。

それもあるからなのか、玉琳は少ししてから唇で弧を描いている。

その歪《ゆが》んだ笑みから、彼女がこれからしようとしていることを改めて悟った優蘭は、それを払う意味も込めて努めて明るく休憩室に入った。

「婕妤様、此度《こたび》は誠にありがとうございます。陛下も大変お喜びであられましたよ」

拍手をしながらそう言えば、桜綾がぱあっと表情を明るくする。

「ほ、ほんとう、ですかっ？」

「はい。『此度の働き、誠に大義であった』と仰せですよ」

「そ、そうです、か……」

俯《うつむ》きつつも耳が赤くなっているので、どうやら照れているらしい。

しかし予想に反して、返ってきたのは意外な言葉だった。

「……ゆう、らん、は」

「はい？」

「優蘭は……どう思いました？　わたし、立派でした……？」

え、ええっと……？

少し潤んだ瞳《ひとみ》と共に上目遣いで桜綾に見られた優蘭は、困惑する。なぜこの場でそこを求められているのだろう。

しかし優蘭の胃が痛かった以外に別段悪いことはなかったため、こくりと頷いた。

「素晴らしい初仕事だったかと思います。最後まで逃げることなく、本当によく頑張られましたね」

そう言えば、桜綾がへにゃりとした顔をして笑った。

「え、えへへ……なら、よかった……」

瞬間、扇子を口元に当てた紫薔が優蘭に妖艶《ようえん》な笑みを浮かべてくる。

「優蘭？　わたくしたちの演劇はどうだった？」

「えっ。か、神の子という役柄にふさわしい人間離れをしたお美しさと堂々とした振る舞いが板についていて、迫真の演技だったかと思いますが……？」

「……うふふ。優蘭にそう言われると気分が良《い》いわね」

それに対して今度声をあげたのは、鈴春だった。

「はい！　わたしはどうでしたか、珀夫人！」

「ええっと、寵姫《ちょうき》伝説通りの大変美しい舞でした。花の精霊だという寵姫らしい軽やかで重みを感じさせない動きで……また一段と腕に磨きをかけられたなと……」

そんなふうに褒めていたら、次から次へと「わたしはどうでしたか？」という形で感想の催促が飛んでくる。何がどうしてこうなったのかさっぱり分からないが、皆嬉しそうにしていたので良いかということにした。

そうたじろぎながらもその一つ一つに丁寧に返していたら、静華から凄《すさ》まじく突き刺さる視線を向けられた。

これは、どういう視線……？

褒めたら怒られそうな気もするが、この流れで静華だけを褒めないのもなんだかなーと思い、ちらちらと様子を見つつ口を開く。

「徳妃《とくひ》様も、大変見事な剣さばきでした。陛下も、殿方顔負けの剣技だと褒めていらっしゃいましたよ」

そう言えば、静華は分かりやすく喜びはしなかったものの、両腕を組んでからふふん、と胸を張る。

「そ、そう。陛下がそう言っていたのね。……ふぅん」

そう言いつつも満更でもない様子だったので、優蘭は自分が言葉選びを間違えなかったことに安堵《あんど》した。

なんだかんだと全員を褒めることになり、その全員が花が綻《ほころ》ぶような笑顔を浮かべているのを見て、優蘭は改めて思う。

この美しい笑顔を、守りたい。

そしてそのために、今回の作戦は必要になる。

他国に、黎暉大国はまだ決して衰えていないのだと、見せつけるためにも。

笑顔の輪の中に入りながらも、優蘭はふぅ、と息を吐いた。

そして一度だけ、桜綾に視線を向ける。彼女はそれに気づくと、一度だけ瞬《しばたた》いた。

事前に取り決めをしておいた合図だ。大丈夫だという合図。

それを確認してから、優蘭は「それでは私は後片付けがありますので」と言ってその場から抜け出す。

来た道を戻りながら、優蘭は頭を回転させた。

さて、と。できるだけ安全に、かつ幻想的にことを進めないと……。

それが、決断をした桜綾に対しての最大限の礼儀だと自分に言い聞かせ。
優蘭は、玉琳が動き出す真夜中を、身をひそめじっと待ち受けたのだ。

# 第六章　寵臣夫婦、敵の策を役立てる

ことの発端は、予期されていた火災ではなく。

牡丹《ぼたん》の花だった。


時刻は真夜中。

深く飲み込まれそうな闇の中、金色に輝く美しい満月が、ぽっかりと浮かんでいる。

牡丹祭の夜だからなのか。今日は特に月が明るく、地上を照らしていた。

牡丹霊廟《れいびょう》も同じように照らされており、いつにも増して神秘的で静謐《せいひつ》な空気を醸し出している。警護のために巡回している武官と宦官《かんがん》以外は寝静まる、そんな時間帯だった。

等間隔に置かれた篝火《かがりび》の爆《は》ぜる音と、緩く吹く風に揺られてゆらめく炎の影だけがはっきりと蠢《うごめ》いている。

暦上は春となっているが、朝晩は昼間の暖かさが嘘《うそ》のようによく冷えた。

それは、妃嬪たちが眠る屋敷の中も同じ。外ほどではないがひんやりとしていて、その寒さから逃れるように皆かけ布にくるまっている。

そんな中。

――それに一番初めに気づいたのは、修儀《しゅうぎ》・長孫爽《ちょうそんしょう》だった。

芳《かぐわ》しい花の香りで、目が覚めたのだ。

ぼんやりとした意識の中起き上がれば、枕元に何かが置かれている。

訝《いぶか》しみながらもそっと持ち上げた爽は、それが牡丹の花だということに気づいた。

一体誰がいつ、こんなものを。

そう思い身を縮こまらせた爽が部屋を見回すと、扉が僅《わず》かに開いているのが見て取れた。

何故《なぜ》かは分からないが、その扉の隙間からちろちろと明かりが見えたからだ。

その上、気のせいだろうか。焦げたような匂いもしてくる。ひどく嫌な予感がして、爽は沓《くつ》を履くと恐る恐る扉のほうへ近づいていった。

ゆっくりと扉を開いた爽は、目を見開く。

ある部屋が、燃えていた。

奥から三番目、爽が使っている部屋の斜め向かいにある部屋だ。使っていたのは桜綾《おうりょう》だったはず。

混乱する頭でそう確認した爽は震える。しかし爽の部屋同様僅かに開いた扉から、赤い炎がちろちろと覗《のぞ》いており、それが爽の恐怖を駆り立てる。

爽のつんざくような助けを求める声が、辺り一帯に響き渡った――

そこからはもう、あっという間だった。

爽の悲鳴で起きた妃嬪《ひひん》や侍女たちも悲鳴をあげ、皆寝巻きのまま外へと逃げ出す。爽の悲鳴により駆けつけた武官たちは状況を瞬時に把握し、まず屋敷にいた人間を逃がすことを最優先させた。

そうこうしている間にも、火の手はどんどん広がっていく。

火元であった部屋の扉を燃やし、天井を舐《な》めるようにして屋敷全体へ侵食した。

妃嬪たちを助け出した武官たちはすぐ消火に移ったが、屋敷はどんどん燃えていく。

屋敷が全焼するのに、そう時間はかからなかった。

その場にいたほぼ全員が恐慌状態に陥っている中、一人の侍女——玉琳《ぎょくりん》が金切り声を上げている。

「お、桜綾様……桜綾様はどちらにいらっしゃいますか……!?」

彼女は人混みをかき分けながらも、自身の主人を捜していた。

髪を振り乱して一心不乱に捜すその姿は、どこか痛々しい。

ちょうどそのとき、皇帝・劉亮《りゅうりょう》が現れた。寝巻き用の単衣《ひとえ》の上から一枚だけ上衣を羽織った状態から察するに、相当焦っていたらしい。彼の後ろには左丞相《さじょうしょう》・杜陽明《とようめい》、右《う》丞相《じょうしょう》・珀皓月《はくこうげつ》、禁軍将軍・郭慶木《かくけいぼく》が付き従っている。

瞬時に現状を把握した劉亮は、声を張り上げて指示を飛ばす。

「慶木は、寝ている武官と宦官を全員叩《たた》き起こせ！　直《す》ぐ様消火にあたらせよ！」

「御意！」

「皓月は妃嬪たちの安否確認にあたれ！」

「御意」

そのとき、玉琳が皇帝の前に飛び出してくる。

陽明が間に入って進行を妨げたが構わず、玉琳はつんざくような声で告げた。

「陛下！　陛下！　桜綾様が……桜綾様のお姿が見当たらないのです……！」

「分かりました、分かりましたから落ち着いて」

「落ち着いてなどいられますか！　それともあなたは、桜綾様のことなどどうでも良いというのですか⁉」

「そのようなことは一言も、」

「言っているではありませんかッッ!!」

陽明が必死になって説得しようとしているが、混乱の極みにある玉琳にはその態度が気に食わないらしい。より火に油を注ぐ状況になっている。

しかも、安否確認をして戻ってきた皓月によると、姿が見当たらないのは桜綾一人だという。

場がより重たく深刻な空気を落としたとき、一人の女性が劉亮の前で起拝の礼を取った。

修儀・長孫爽だ。

皇帝の寵妃《ちょうひ》の一人は、カタカタと体を震わせながら告げる。

「陛下……お知らせしたいことが、ございます」

「なんだ、爽。発言を許す、申せ」

「はい……。その……わたしが一番早く目を覚ましたのですが。……火元は、巫婕妤《ふしょうよ》のお部屋でした」

「なんですってッッッ!?」

玉琳がそう悲鳴に近い叫びをあげるのを、陽明が押し留《とど》める。

玉琳を一瞥《いちべつ》すると、爽は申し訳なさそうな表情を浮かべて顔を伏せた。

そんな爽に、劉亮は優しく声をかける。

「そなたが無事でよかった。それにこの様子だと、火の手が上がるのを見たのはかなり初期の方だったのではないか？」

「は、はい。おっしゃる通りです。そ、の……枕元に、牡丹の花が置かれておりまして。その香りで、目が覚めました」

そう言い、そのまま持ってきてしまったという牡丹の花を爽は見せてくれる。少し萎《しお》れてはいたものの、それは間違いなく、真紅の牡丹だった。

その発言に対して玉琳は「牡丹がどうしたというのです、それよりも桜綾様が、桜綾様が……！」と叫んで、陽明の腕の中で暴れている。

しかし他の妃嬪たちは違った。

「そ、そういえばわたしたちの枕元にも、牡丹があったような……」

「わ、わたしもです。それどころではなかったので、飛び出してきてしまいましたが……」

おかしな点を思い出し、妃嬪たちがざわざわと騒ぎ始める。それを宥《なだ》めるより先に、玉琳が叫んだ。

「どちらにせよ、桜綾様の部屋だけがそう都合良く燃えるはずなどありません！　桜綾様は殺されたのですわ……！」

そしてわあわあと、玉琳は泣き崩れる。その嘆きが伝播《でんぱ》し妃嬪や侍女たちが泣き始めたときだった。

――ぱちん！

そんな音とともに、遠くで。何かが光って弾《はじ》け飛んだ。

瞬間、消火活動にあたっていた武官や宦官たちがざわめき出す。ひらひらと、どこからともなく紅牡丹の花びらが落ちてきた。

そうして見上げた先に。

それはいた。

女だ。

彼女は披帛《ひはく》をまとい、頭の上から薄絹のかけ布をかぶっている。両腕で布に包まれた何かを抱えていた。

それだけならば不審者にしか見えないが、彼女がいる場所が問題だった。

屋敷を遥《はる》かに超える高さの石塀上に、彼女はいたのだ。

満月を背負っており、そのためなのか体がぼんやりと光っている。その姿はひどく神秘的で、その場にいた全員の視線を一瞬にして摑《つか》んだ。

「精霊だ……牡丹の精霊だ……っ」

誰かがそう呟《つぶや》く。しかしその場にいた全員が、その言葉を否定できなかった。

だってここは牡丹霊廟。皇族の花を祀《まつ》り、崇《あが》める場所だ。しかも初代の寵姫《ちょうき》は、牡丹の精霊だと言われている。そんな場所で「そんな馬鹿なことが」などと口にすればどうなるかなど、この場にいる全員が分かっている。

全員がしばし牡丹の精霊に目を奪われていると、ふ、と。彼女が消えた。

あまりにも一瞬のことで、何が起きたのか分からず呆然《ぼうぜん》とする。

しかし。

――ぱちん！

再度、光とともに何かが弾ける音がすると、空から何かが降ってきた。

それは、先ほど消えた牡丹の精霊だった。

彼女はふわりと音もなく、劉亮がいる直ぐそばに降り立つ。あまりのことに誰も動けずにいる中、牡丹の精霊は真っ直ぐ劉亮のもとへ歩いてきた。

そうして、両腕で抱えていた何かを劉亮に恭しく渡す。

劉亮が渡されたのは、布でくるまれた桜綾だった。

顔に煤《すす》がついて黒くなっていたが、間違いなく桜綾である。彼女はすうすうと穏やかな寝息を立てていた。

決して死体ではない、生きていることは明らかだ。

牡丹の精霊はそれでもう用事は済んだと言わんばかりに、くるりと踵《きびす》を返す。そして軽い挙動で傍らにある屋敷の屋根へと飛び上がり、そのまま消えてしまった。

後に残された面々は、ありえない現象を目の当たりにして啞然《あぜん》としている。それは、今まで泣き喚《わめ》いていた玉琳も同じだった。

そんな中最初に口を開いたのは、劉亮だった。

「……どうやら我が血族は未《いま》だに、牡丹の精霊に愛されているらしいな。まさか、子孫の妃《きさき》まで助けてくれるとは」

　そう呟き。

「我が妃はこうして、牡丹の精霊に救われ無事に舞い戻ってきた！　よって、死傷者は一人もおらぬ！　陽明と皓月が指示を出す通りにやるべきことを為《な》し、牡丹祭を誰一人欠けることなく完遂させよ、良いな!!」

『御意!!』

　そうして、牡丹祭当日の深夜に起きた騒動は、夢見心地のまま幕を閉じたのだった――

＊

　その一方で、裏方――優蘭《ゆうらん》はというと。

　女装した皓月に抱えられて、全速力で自身の滞在先である屋敷へと向かっていた。

「あ、あ、の、皓月！　本当に……本当に無理してませんか!?」

「ええ、大丈夫です。問題ありません」

　いや、個人的には問題しかありませんけどね!?

　とは思ったが、下手に口を開くと舌を噛《か》みそうだし、誰かにばれるのもまずいのでぐっとこらえる。

ただどこからともなく歓声が聞こえてきたことで、全ての作戦が上手《うま》くいったことを悟り、ほっと胸を撫《な》で下ろした。

そう。今回の作戦というのは、『牡丹《ぼたん》の精霊を降臨させ、桜綾を救ってもらう』というものだ。

もちろん牡丹の精霊などいない。中身はれっきとした人間だ。

なのにどうして一瞬で石塀の上から皇帝の元に現れたのかというと、それは簡単。二人一役をしたからだ。

石塀の上にいたのは、女装した空泉《くうせん》。そして皇帝の前に降り立ったのは、女装をした皓月だったのだから。

――話の大筋は、こうである。

まず、女装をした空泉がちょうど月を背にする位置で石塀の上に乗る。彼が抱えていたのは、かけ布でそれっぽく作り出した偽物だ。その後一瞬で消えたように見えたのは、空泉が本当に石塀の外側に飛び降りたからである。

そのすぐ後に屋根の上から女装した皓月が飛び降りれば、まるで人智《じんち》を超えた生き物が一瞬で移動をしたように見える、というわけだ。

特に現場は混乱していたし、夜ということで視界も悪かった。しかもここは牡丹霊廟《れいびょう》という名がつく場所だ。会場の後押しもあり、多少の違和感があってもいけると踏んだ。

その上で火事で死んだと思われていた桜綾を皓月が抱えていれば、建国王の寵姫たる牡丹の精霊の話を知っている面々は、心優しい牡丹の精霊が末裔《まつえい》の妃も助けてくれたのでは？　と勝手に想像してくれるはず。

そんな目論見《もくろみ》で思いついた作戦だったが、ここまでゴリッゴリの肉体労働になったのは悪ノリした陽明と空泉のせいである。

陽明曰《いわ》く「え？　皓月くんと空泉くんなら、これくらい難なくサクッといけるよね？」とのこと。

それで本当にいけてしまったのだから、世の中って恐ろしいなと優蘭は思った。

もちろんそれだけだと、雑技団によるただの公演になってしまう。そのため優蘭は、二人による曲芸を全力で神秘に繋《つな》げるべく、さまざまな品物を使い演出した。

一つ目の品は、牡丹だ。

牡丹とは、今回の作戦を決行するにあたり、絶対に切り離すことができない物だ。なのでそれはもう惜しげもなく使った。

妃嬪《ひひん》たちの枕元に牡丹を置くように言ったのも、牡丹の精霊になりきった空泉と皓月が姿を現したときに牡丹の花びらを散らしたのも、二人のことを牡丹の精霊だと印象付けるためだ。

二つ目の品は、月である。

空泉が月を背負って立てるよう、妃嬪たちが泊まる建物に関しても調整してもらった。

そう、今回の滞在場所は、演出込みで考えられていたのである。

そして三つ目は、蛍石と呼ばれる鉱石だ。

蛍石は熱すると割れて飛び散り、仄《ほの》かに発光するという性質を持っている。

蛍石そのものの発光は花火などと比べると大したことはないのだが、それを暗闇の中で使えば逆に自然に見える。だから優蘭はそれを牡丹の精霊が現れる条件として利用しようと考えた。

音によって人々の注意を引きつけ、光を放つことで何かの合図のように見える、という算段だ。そのために機会を見計らい、近くに置いてある篝火《かがりび》に蛍石を投げ込んだ、というのが音と光の正体だった。

それを、裏方役の健美省《けんびしょう》の古株組が引き受け全面的に補佐をし、今に至る。

つまり、ここまで上手くいったのは役者である空泉と皓月のおかげ、というわけだ。

残る仕事はさっさと滞在先の屋敷に戻り、叩《たた》き起こしにやってきた武官たちにあたかも今火事に気づいたかのような口調で接すること、である。

事情を知る皓月の腹心たちが紛れ込んでいるため、一応、武官たちが優蘭たちの屋敷にやってくるのは一番最後ということになっている。

だがやはり、時間との勝負になってくるわけで。

優蘭はこうして仕方なく、皓月に黙って抱えられているのだった。

自分の全力疾走では絶対に出せない速度に遠い目をしつつ、優蘭は内心叫び声を上げる。

そもそも、あんなに運動神経の良い文官が二人もいるって、どうなの？　本当に色々な意味でどうなのっ？

石塀から飛び降りても死なない空泉も大概だが、屋根から桜綾を抱えて降り立つことができる皓月も大いにおかしい。陰で成り行きを見守っていた優蘭だけが、一番ひやひやしていたと思う。間違いなく、寿命が数年は縮んだ。

しかし今回はその離れ業がなければ、ここまで上手くいかなかったわけで。

一女官としてはありがたいのだが、妻としての立場からしてみると、もう二度とやって欲しくないなと思った。

今なら、紅麗《こうれい》の気持ちがよく分かる……！

きっと彼女も、今の優蘭のような気持ちで慶木の帰りを待っているのだろう。

同時に、皓月が優蘭に抱いていた感情なのでは……？　という考えに辿《たど》り着き、優蘭は微妙な顔をする。

わ、私が言えた口じゃない……言えた口じゃないのだけれど……っ。

しかし言わずにはいられず、優蘭は小声で叫ぶ。

「皓月、その！」

「なんですか、優蘭？」

「………次からは、もっと安全な作戦を立てましょう……！　というより、私が根性で立てます、絶対にっ」

色々なものをすっ飛ばして叫んだ優蘭に、皓月が微妙な顔をした。

と、ちょうどそのとき、滞在先の屋敷につく。開けてあった窓からひょいっと中へ入った皓月は窓を閉めてから、優蘭のことをそっと下ろしながら口を開いた。

「……どういった経緯でその結論になったのか、伺っても？」

「ええっとですね……」

二人揃《そろ》ってさくさく衣を脱ぎ偽装工作を進めながら、優蘭は説明をする。

「そのですね、皓月が屋根から飛び降りたり、屋根に飛び乗ったりするのを見ていてとてもひやひやしまして……ですが女官としての立場的には、皓月の働きは本当にありがたく……もだもだしました」

「それは……」

「そして私自身もそういう心配を皓月にさせているな、と気づいたのです。かといって無茶ぶりをやめられるかと言ったら無理だなと思い、ならそれを皓月に強要するのはおかしいなと思って……こう……ならそういう作戦を立てないようにしよう、という結論に至った次第です」

そうぜえはあ言いつつ言い切れば、皓月は「なるほど」と言ってからくすくす笑った。

「前々から思っていたのですが、優蘭は自分の中で結論づけてしまうところがあるので、そういう過程説明を飛ばしがちですよね」

「うう……す、すみません……」

「いえ、伺えばちゃんと教えてくださいますから、別に良いのです。……それに、優蘭がわたしのことを心配してくれたことは、すごく嬉《うれ》しいですから。ああわたし、優蘭に愛されているのだなーと実感します」

「…………あたり、まえ、です……」

面と向かってそう言われることに対しての気恥ずかしさを感じつつも、優蘭は顔を赤らめながらこくりと頷《うなず》いた。

すると皓月は嬉しそうに微笑《ほほえ》みつつ、言う。

「なら次は、『他の女性を抱きかかえないで』と嫉妬《しっと》してもらえるくらい、好きにさせてみせますね」

「な、なっ……!?」

完全に手のひらの上で転がされていることを悟りつつも、優蘭は顔が耳まで赤くなるのを止められなかった。

そんな優蘭の反応を楽しむようににこにこしていた皓月は、少し残念そうな顔をする。

「さて、本当はもっと優蘭とイチャイチャしたいのですが……今は仕事中ですし、わたしは私室に戻りますね」

「ハ、ハイ……」

イチャイチャってなんでしょうか、もう十分イチャイチャしてたと思うんですが……と聞けるだけの勇気は、優蘭にはない。

蚊の鳴くような声でなんとかそう返事をした優蘭は、女装した皓月が立ち去るのを黙って見送った。

「はーいけないいけない……仕事。今は仕事中……」

ぶつぶつと自分に言い聞かせつつ、優蘭は寝台に潜り込む。それと同時に、彼女は桜綾に思いを馳《は》せた。

私のお役目は、ここで終わりだけれど……婕妤様を本当の意味で救うためには、宮廷に帰還してからの行動が重要になってくるのよね。

そう。玉琳を、そして和宮《かずのみや》皇国を追い詰め、首根っこを押さえるための工程だ。それは桜綾だけでなく、黎暉《れいき》大国《たいこく》の明るい未来を切り開くためにも必要になってくる。

その役目を担うのは、礼部《れいぶ》尚書・江《こう》空泉だ。

彼が下手を打つとは思えないが、それでも。

上手くいかなかったらどうしようという気持ちが、胸に込み上げてくる。

どうかどうか、上手くいきますように。

そしてそれが、婕妤様の救いになりますように。

そう願いながら、優蘭は自身の最後の役目を果たすべく、武官たちの到着を待ったのだった。

＊

牡丹祭が無事に終わってしまい、桜綾の侍女頭である玉琳は少しだけ焦っていた。

というのも、彼女の本当の主人である和宮皇国の皇后からの命を果たせなかったからだ。

その命というのは、牡丹祭と黎暉大国の神話を上手く利用し、桜綾を焼死させるというもの。

何故《なぜ》こんなまだるっこしいやり方にしたのかと言うと、下手に毒殺するより黎暉大国との関係性を強調した殺害方法のほうが、より民衆を巻き込めると皇后が考えたからだ。玉琳も主人の意見に賛同し、今に至る。

これが上手くいけば、和宮皇国は杏津帝国《あんっていこく》に泣きつき、杏津帝国内部の過激派が戦争再開を推し進めて穏健派を一掃。そして和宮皇国が密《ひそ》かに提供した兵器を使い、黎暉大国を攻め落とすという算段になっていたのだ。

玉琳を含めた和宮皇国側の侍女は、桜綾が死んだ時点で祖国に強制帰還させられるのでなんら問題ない。そして祖国に帰還すれば、玉琳は皇后より褒美として夢のような贅沢《ぜいたく》ができる生活が与えられる予定だった。

しかしそもそも殺害できていないのだから、褒美はおろか帰還すらできない。むしろこの状況下で帰還すれば、玉琳が皇后より罰を受けるだろう。

講じた策が逆に黎暉大国側にとって都合の良い展開になったのも、気に入らない。おそらくこのままいけば、黎暉大国側と各国との関係はより強固なものとなるだろう。黎暉大国がまだ落ちぶれていないということが分かれば、親交を深めていきたいと思う国は多いはず。

ただ玉琳は、ひどく焦ってはいなかった。

黎暉大国側の人間が気づいているとは思えなかったし、目をつけられていたとしても証拠がない。また黎暉大国の人間は自分たちの国の豊かさを過信して、こちらの実力を見誤るだろうという気持ちもあった。

要は、舐《な》めていたのだ。

道中で何か起こせないかと考えたが、後宮に戻ってからのほうが都合が良いと思いいつも通り桜綾の世話をした。もちろん、必要最低限の世話だ。

不義の子の世話なんて嫌ですもの。

玉琳は、桜綾の出自を知っている数少ない人間の一人だ。祖母の代から皇后に仕えてきたということもあり、信頼されているのだ。こうして玉琳に重大な役目を任せたのも、その信頼からだろう。

また自分には、一度失敗したとしてもそれを取り戻すことができるだけの知恵があると、思い込んでいた。

それが、儚《はかな》く砕け散っていくことなど知らずに。

宮廷に戻って早々、玉琳の仮初《かりそめ》の主人である桜綾は後宮に戻る前に、皇帝からの呼び出しを受けた。

そうなれば自《おの》ずと、侍女頭である玉琳もついていかねばならない。

早く戻って伸び伸びと休みたい。

そんな気持ちをグッと堪《こら》え、玉琳は何食わぬ顔をして桜綾の後ろについていった。

通されたのは大広間だ。玉琳もここで一度、玉琳が嫁いできた際に皇帝と顔を合わせたことがある。

宦官《かんがん》によって開かれた先には、皇帝のみならず杜陽明、珀皓月、江空泉とその部下であろう人間たちが揃っていた。

なんなのでしょう、これは。

不思議な組み合わせだと、玉琳は思う。そう思っても、歩みを止めるようなことはない。玉座に腰掛ける皇帝の前にたどり着くのと、背後の扉が閉まるのはほぼ同時だった。

「……して、玉琳」

え、と玉琳は顔を引き攣《つ》らせる。

皇帝が呼び出したのは桜綾なのに、どうして彼は玉琳の名前を呼んでいるのだろう？

「くだらぬ遊びはここまでだ」

え？……え？——え？

突き刺すような冷めた声音にたじろぎ、玉琳は周囲を見た。

そして気づいたのだ。

桜綾を含めた全員が、玉琳に向けて冷めた目を向けていたということに。

「な、なんのこと、で、しょう？　わたしには、さっぱり……」

それでも、まだ何一つとして証拠が残っていないからと、玉琳はしらばっくれようとした。しかしそんな言葉、皇帝はまったく聞かない。

「実を言うとな、余の寵妃《ちょうひ》から嘆願されておるのだ。可愛《かわい》い妹のような妃《きさき》の下についている侍女頭を、替えて欲しいとな。どうやら、仕えている主人に対してまったく敬意を抱いておらぬらしい」

「あ、え、あ……」

「しかし、せっかくなのだ。別の案件で働いてもらおうと思ってな。……空泉。そなたのほうから説明してやれ」

「かしこまりました、陛下」

空泉は美しい起拝の礼を取ってから、玉琳に満面の笑みを向けた。

「というわけで、あなたにはこれから、我ら礼部が主導となって行なう外交使節団の翻訳係になっていただきます」

「ほ、翻訳係、ですか……っ？」

黎暉大国の礼部が外交分野に長《た》けていることは、玉琳も知っている。曰《いわ》く、何ヶ国語も話せるように教育されるとか。

だから本当ならば、玉琳などいらない。

つまり玉琳を翻訳係にしたいというのは、別の目的があるということだ。

どんどん顔を青ざめさせていく玉琳と打って変わり、空泉は終始楽しそうに目を輝かせている。

「はい。というのも、黎暉大国と和宮皇国。交友関係こそ結んでいますが、いささかその関係が希薄ではないかと思いまして。礼部としましては、外交使節団を送りたいと思ったのです」

「それ、は、わたしの一存、では……」

「残念なことに、あなた方に選択権はありません」

びくりと、玉琳は肩を震わせた。

「あなたが屋敷に火をつけるところを、わたしを含めた数人が目撃しているのですよ。またあなたが使っていたとされる後宮の部屋からも、気になる暗号文が出てきました。……これがどういうことか、お分かりですよね？」

玉琳はぶんぶんと首を横に振った。分かってはいたが分かりたくなかった。

それを見た空泉は大袈裟《おおげさ》に嘆いてみせる。

「おやおや、お分かりになられない！　それは悲しいことです。もう少し賢い方かと思っていたのですが……どちらにせよ、構いません。ことの詳細はもう彼女から、余すことなく聞いていますから」

彼女、とはいったい誰なのか。

そう思った玉琳が顔を上げた先には――雪花《せっか》がいた。

その静かな、しんしんと降り積もる雪のように凪《な》いだ目を見た玉琳は、全てを悟る。

そう、か。全て、知られていた。知られた上で利用された。弄《もてあそ》ばれた……っ。

火事をわざと起こさせたこと。その火事を逆に利用されたこと。

そして何より、侮っていた桜綾と雪花にまでしてやられたことを知り、玉琳の中にあった誇りが粉々に砕け散る。

そこに追い討ちをかけるように、空泉が微笑《ほほえ》んだ。

「ああ、そうです。外交使節団を派遣する際は、雪花さんのご実家のほうに宿泊させていただく予定なんです。宿屋を営んでおられる方が近くにいるなんて、我々も運が良いですね。安心しました」

雪花の実家に手を出そうとすればどうなるのか、分かっているな？

そう、言われた気がした。

そこまで知られているのであれば、玉琳にできることなどもうない。

玉琳は震えた。そして最後の力を振り絞り、口を開く。

「……わたしは一体、何をすれば良いのでしょうか」

やっとその言葉が聞けたと言わんばかりに、空泉はうっとりした顔をして微笑む。

「あなたにしてほしいことは、ただ一つ。わたしたちと一緒に祖国へ戻って全てを説明することです。……もちろんその後も、我が国の翻訳係として働いていただくことになりますけどね」

玉琳が翻訳係として黎暉大国と和宮皇国との間に立つということが、どういうことなのか。分からないほど、玉琳は愚かではなかった。むしろ頭の回転が速いほうだったからこそ、今回言われた役目が自身にどういった効果をもたらすものなのかを理解してしまう。

まず、空泉に言われなくとも、玉琳は祖国に戻って全て――桜綾の出生の秘密や彼女の生母の実家にしてきた仕打ちも含めて――が黎暉大国に知られてしまったということは、何があっても話さなければならない。これは確定事項である。

なんせこの話が国内で大々的に広がれば、現和宮皇国の政権を揺るがす事態に発展してしまう。祖国のみならず皇族、また生家を守る意味でも、玉琳はこの選択をしなければならないのだ。

しかしその選択をすることで、玉琳は主人である皇后の信頼を失うことになる。それはつまり、和宮皇国での居場所を失うという意味になる。

もし帰れたとしても、生家は手出しできない。手出しすれば一族郎党罰せられることは分かっているからだ。また、それ以外の友人にも手のひらを返されるだろう。そういう生き方をしてきた。そうなれば、ろくな生活はできない。それならば、翻訳係として黎暉大国に協力したほうが良い。

しかしこの選択にも問題がある。それは、いざというときに和宮皇国側も黎暉大国側も、玉琳のことを守ってはくれないということだ。

もしなんらかの出来事で玉琳が死んだとしても、和宮皇国はそれを追及できないしする理由がない。

そして黎暉大国としても、玉琳は自国を陥れようとした憎き相手である。守るどころかこき使われ、虐げられる可能性も考えられた。

かと言って、和宮皇国への説得を放棄しても得はない。いたほうが穏便に事が進むかな、くらいだろう。

だからもし拒否すれば、玉琳は呆気《あっけ》なく切り捨てられ元々いなかった人間のような扱いを受ける。そして黎暉大国はなんてことない顔をして、和宮皇国と交渉を始めるのだ。

いてもいなくてもあまり問題にはならないが、和宮皇国側を説得した上で翻訳係として役目を担うなら命だけは助けてもらえる。

それが、玉琳の今の立ち位置だ。

まさに、生き地獄だ。どこにも逃げ場はなく、帰る場所も安息の地もない。

だがこのまま生きていたいのであれば、玉琳は言われた通りの選択を取らざるを得ないわけで。そのことに、玉琳は愕然《がくぜん》とする。

──今回の仕事は、とても簡単なもののはずだったのに。

──わたしは、皇后陛下に信頼されるくらい、素晴らしい人間だったのに。

わたしは一体どこで、選択を間違えたのでしょう。

そう自問自答を繰り返しながら、玉琳は最後の力を振り絞って口を開いた。

「……拝命いたします」

# 間章二　夫、作戦の成功を祝う

宮廷に帰還した翌日の夜。

珀皓月《はくこうげつ》を含めた作戦参加者たち――劉亮《りゅうりょう》、陽明《ようめい》、慶木《けいぼく》、空泉《くうせん》――は、劉亮の部屋に集まってささやかな祝杯を上げていた。

下戸なため、皓月が持ってきた梅蜜《うめみつ》の水割りを飲んでいた陽明が、笑みと共に口を開く。

話の内容はもちろん、和宮《かずのみや》皇国の第一皇女である桜綾《おうりょう》を後宮に入れることになったこと。そしてその一件を経て、牡丹《ぼたん》祭のときに決行された和宮皇国の首根っこを押さえ込むための作戦についてだ。

「いやぁ、前宦官長《かんがん》のせいで第一皇女様を引き受けなきゃいけないことになったときはどうなるかと思ったけど、無事に全てが丸く収まって良かった。珀長官の愉快な作戦にも乗っかれたし、僕としては大満足だな～」

それに対し、普段はあまり羽目を外さない空泉も頷《うなず》き、静かに盃《さかずき》を傾ける。

「おっしゃる通りです、杜左丞相《とさじょうしょう》。一時は厄介な姫君を引き受けることになってしまったなと思っていたのですが、珀夫人が上手《うま》く懐柔してくださいましたし。その上珀夫人の考えられた計画にこのような形で参加できて、本当に良かったと思います」

そう言いながら「あのような部下がやはり欲しいですね……」と小さく呟《つぶや》いたことを、皓月は聞き逃さない。

この男の恐ろしい点は、それを冗談ではなく本気で言っている点だろう。

欲しいものが目の前にぶら下がっているのであれば、あの手この手を尽くしても手に入れたい。

江《こう》空泉は、そういう性格をした男なのだ。機会があれば打診をかけたいと思っていそうな辺り、たちが悪い。

本当に、油断も隙もない人ですね……。

優蘭《ゆうらん》本人が今回の一件でより苦手意識を持っていたためそこは問題ないのだが、できる限り近寄らせないようにしなければならない、と皓月は改めて思う。

そもそも優蘭が今回苦しむ原因を作った張本人が空泉なので、今後の接触には細心の注意を払うつもりだった。

麗月《れいげつ》にも伝えて、わたしが不在のときに何かあった際は対処してもらうようにしなくては……。

そう決意する皓月の心情を知ってか知らずか、陽明がからかうように言った。

「それにしても、まさか皓月くんの口から『玉琳《ぎょくりん》を翻訳係にさせる案』と、『彼女に和宮皇国側を説得させる案』の二つが出るとは思わなかったな～」

顔を真っ赤にしてそう言う陽明が、となりにいる慶木に「ねえ？」と絡んでいる。酒を飲んでいないにもかかわらず酔っ払い同然の上官に、慶木は眉《まゆ》をひそめて鬱陶《うっとう》しそうにしつつ言った。

「そうですか？　皓月はこういうとき、割と情け容赦ないと思いますが。特に今回玉琳は、珀夫人に多大なる迷惑をかけています。そんな彼女に相応の罰として翻訳係の任を与えたのは、陰湿かつ的確なものでいっそのこと清々《すがすが》しい選択だったかと」

「人を悪役みたいに言わないでいただけますか？　それに、慶木も賛同したでしょう」

「当たり前だろう。もしあのくそ女の作戦が成功していたら、杏津帝国《あんつていこく》との戦争が起きる。そしてそうなれば、わたしの妻の故郷が戦場になってしまう。わたしとて、彼女の悲しむ顔は見たくない」

「あなたも私情しか挟んでいないではありませんか……」

「ふ。お互い様だな」

皓月は思わずため息を吐いたが、しかし同時に少し安心する。なんだかんだ言って慶木も、和宮皇国とのいざこざに関して気にしていたわけだ。特に今回は杏津帝国が関与しているということもあり、他人事《ひとごと》としては思えなかったのだろう。

その一方で、劉亮はまだ皓月をからかうつもりらしい。にやりと笑って言う。

「確かに情け容赦ない性格をしておるが、桜綾に対しての慈悲は持ち合わせていよう。なんせ今回玉琳に押し付けた『彼女に和宮皇国側を説得させる案』は、本来ならば桜綾にさせようとしていたことだろう？」

「……ええ」

そう。本来ならば皓月は、桜綾の秘密——和宮皇国皇后の実子ではないということを盾に、桜綾を脅して言うことを聞かせるか、和宮皇国側との交渉材料にしようと考えていた。

以前陽明から渡された情報から、桜綾の秘密を既に知っていたからだ。

そしてその策を使わずに済んだのは間違いなく、優蘭のおかげだった。

だから皓月は満面の笑みをたたえて言う。

「妻が巫婕妤《ふしょうよ》の信頼を得て、その結果巫婕妤の侍女である雪花《せっか》から玉琳が起こそうとしていた計画を聞けなければ、恐らくそうなっていたでしょう。しかし今回はそれがありました。だからわたしは、最善の策——巫婕妤を犠牲にしない策を選べたのです」

言外に「つまりこれは、優蘭の功績なのだ」ということを強調しておく。そのことはこの場にいる全員が認知しているらしく、全員が黙って頷いた。

自慢の妻の頑張りが認められたこと。それは、自分のことを褒められるよりも嬉《うれ》しいものだ。それもあり頬が緩む。そんな皓月を見た劉亮は、盃を傾けながら言った。

「それに、桜綾を救うためには和宮皇国を黙らせなければならず、桜綾を利用しないのであれば、別の誰かを生贄《いけにえ》にするしかあるまい。なら現状、玉琳しか適任はいなかろう」

劉亮が愉快そうにそう言えば、陽明は「まあ、そうなるよね」と言ってつまみの干し肉を口に含んだ。

皓月は、空いた陽明の盃に梅蜜の水割りを注ぐ。

「わたしは、わたしなりの最善を選んだだけですよ。杜左丞相」

「……ふふ、確かにそうだね。しかもいいとこ取りだ」

「はい。二者択一ではなく、一挙両得のほうですからね」

「そうだね。婕妤様の現状を見ると、正直言って和宮皇国側を説得できるだけの力は持ち合わせていないし。それなら国ぐるみの犯罪を交渉の材料にして、実行犯の玉琳に事情説明をさせたほうが成功率は高いからな～。本当に最善の策だったよ」

「おっしゃる通りです、杜左丞相」

そんな皓月を見て、陽明は盃に注がれた水割りを一瞥《いちべつ》する。

「……そっか。その選択ができるなら、僕からもう言うことはないかな」

そう呟くのを聞き、皓月はそっと胸を撫《な》で下ろした。

——皓月は、優蘭とは違う。

優蘭は守るために動くことを求められているが、皓月は切り捨てた上で利益を出すことを求められる立場の人間だ。

つまり皓月は今回、何を切り捨てて利益を出すのかを見られていたのだと思う。陽明から渡された桜綾の秘密は、皓月を見極めるための材料だ。それをそのまま使えばある程度の利益は上げられるので、かなり優遇されていることは理解できる。

しかしそれをそのまま使っているようでは、陽明に認めてはもらえなかっただろう。実際、与えられているだけのものをその通りに使っているようでは、一人前の宰相とは言えない。

だが、皓月は与えられた材料を保持しつつ、別のもっと成功率の高い策を提案した。しかもきっちり、和宮皇国が言い逃れできないように首根っこを押さえ込んでいる。それは、陽明が想定していた策よりも良いものだったということだ。

つまり皓月は無事に、陽明が与えた宰相としての実力を測るための試験に合格した、ということになる。

そしてどうやらこの場にいる全員が、陽明の言葉の意味を真に理解していたらしい。拍手を送ってきたり、歓声をあげたりして皓月を褒めてくれた。

それをありがたく受け入れながらも、皓月は思う。

本当に、わたしにとっての最善を選んだだけなのですけどね。

桜綾を犠牲にしなかったのは、優蘭の思いに反するからだ。

そして玉琳にその責任を全て押し付けたのは、そのほうが優蘭がいる後宮にとっても、都合が良いと考えたからだ。

人間をまとめ上げるのに、一番手っ取り早いのは何か。

それは、分かりやすくて全く同情の余地がない敵役を作り上げた上で、それを一致団結して倒すことだ。そうすることで集団には団結力が生まれ、より強い絆《きずな》で結ばれることになる。

その点、桜綾には同情すべき点が多々あった。そんな彼女を敵役にしてしまうと、優蘭が責められる可能性が少なからずあったのだ。

だから皓月は、玉琳に全てを押し付けることにした。

優蘭が美しく整えた後宮という花園を守る、ただそのためだけに利用した。

今回の件は本当に、ただそれだけのこと。

……さすがに、優蘭にも言えませんね。こんなこと。

しかしその本音を笑みと共に隠し、皓月は盃を傾ける。

それからひとしきり盛り上がって落ち着いた頃、一同は少しだけ真面目な話を始めた。

最初に口を開いたのは空泉だ。

「さて、ひとまずこれで和宮皇国……ひいては杏津帝国側の思惑を回避した上で、和宮皇国側の首根っこを押さえることができたわけですが。まだまだ油断はできそうにありませんね……」

「むしろ、ここからが勝負だろうね。空泉くんの腕の見せ所だ」

空泉の言う通り、今回事態を上手く回避したからといって、油断はできない。むしろこの一件は、黎暉大国《れいきたいこく》側の警戒態勢を改善し、今よりも周辺諸国との外交に力を入れることに使うべきだというのが、この場にいる全員の認識だ。

慶木はふう、と息を吐く。

「本来ならば保守派の面々を説得するのに苦労するだろうが、今回は別だろう。なんせ実際、危機的状況に陥っているからな。これればかりは、和宮皇国に感謝しなくては」

「その通りです、郭《かく》将軍。和宮皇国は大変良い働きをしてくれました。そのお礼に、せっかくですから生かさず殺さずの状態を維持して、搾り取れるだけ搾り取りたいと思っています」

「それは良いですね、江尚書。結果報告、楽しみにしています」

すると、今まで機嫌良さそうに話を聞くだけだった劉亮が、肘掛《ひじか》けにもたれながら口を開く。

「さて。そなたたちも分かっておる通り、今回の件はきっかけに過ぎぬ。ここからが、本当の意味での始まりだ」

皇帝然とした佇《たたず》まいで語られる言葉に、臣下たちは居住まいを正した。

それを確認しながら、劉亮は言葉を重ねる。

「周辺諸国はもう、黎暉大国のことをさほど危険視してはおらぬだろう。それくらい、この国は過去の栄光に縋《すが》りすぎたのだ」

しかし。

そう強く言い、劉亮は臣下たちを順々に見た。

「そなたたちがおれば、その考えが間違いだったと。黎暉大国はまだ強国なのだと、各国に知らしめることができるであろう。そなたたちのこれからの働きを、心の底から期待しているぞ」

「主上……」

陽明が「まさかあの、本当のことを言わない主上がここまで素直に激励をしてくるなんて……」と感動している。

その視線を意図的に無視しつつ、劉亮は続けた。

「しかしそのためにはやはり、休息も必要であろう。各自希望があるようならば聞くので、事後処理が終わり次第順次しっかり休め。良いな？」

『御意』

そう全員声を揃《そろ》えて返事をし、その場は各々解散となる。

そんな中皓月は、劉亮のそばに近づいた。

「主上、早速なのですが、宜《よろ》しいでしょうか？」

「ん、なんだ？　皓月が一番乗りで休息を求めるなど、珍しいではないか。どういう風の吹き回しだ？」

「いえ、なんてことはありません。ですがそろそろ結婚一年目ですので、新婚旅行の代わりがしたいなと思っておりまして」

「言外に、新婚旅行の時間をとってやれなかったことに対しての圧を向けるな……」

「お分かりいただけたのでしたら何よりです」

さらににこにこ笑顔で圧をかけていると、陽明が真顔で言う。

「主上。珀夫婦のこれからのためにも、まとまった休暇を取らせてあげてください」

「なんだ、陽明まで」

「………主上。女性というのは、記念日を忘れると数日口を聞いてくれない、なんていうことがある生き物なのです」

「現在の連携を維持したいなら、本当に本当に……ご配慮を……」

陽明だけでなく、あの唐変木の慶木すら必死な顔をして頷《うなず》いていた。

皓月の姉や妹たちが「夫が記念日を忘れた」等《など》の理由でよく実家に帰省し、その度に夫側が平謝りをしながらなじられているのを見てきたので、どこも変わらないのだなと妻子組二人に生ぬるい目を向ける。

その一方で劉亮は、「何を言っているのだこいつらは」と言わんばかりの顔をした。

「阿呆《あほう》。細君との記念日を覚えておくなど、当然のことだろう。余など後宮入りをした日、初夜をした日、全て記録して閨《ねや》へ赴く予定を立てておる。それを忘れることのほうがどうかしておろう」

劉亮のこの発言を聞いて、その場にいた全員が思った。

ああ、だからこの方は、妃嬪《ひひん》たちに愛されているのだろうな、と。

陽明が「そのマメさを仕事にも活用して欲しいな～……」とぼやいていたが、それは無理な話だと皓月は思った。

そんな風に微妙な空気になる中、劉亮は気にせず皓月に告げる。

「事後処理が終わってからにはなるだろうが……三日ほどまとまった休みをやるから、ちゃんと珀優蘭を労《ねぎら》ってこい。良いな？」

「ありがとうございます。ご配慮、痛み入ります」

劉亮の許可を得た皓月は、内心拳《こぶし》を握り締めた。

というものの、当初からこの時期のために、と計画していたことがあったからだ。

優蘭も、喜んでくれるといいのですが……。

最愛の妻に想《おも》いを馳《は》せながら、皓月は早々に事後処理を終わらせて休暇に入ろう、と闘志を燃やしたのだった。

# 間章三　とある協定国の誤算

どうやら、和宮《かずのみや》皇国がしくじったらしい。

黎暉大国《れいきたいこく》に嫁いだとされる和宮皇国の姫の訃報《ふほう》ではなく、「和宮皇国に黎暉大国側が外交使節団を送るよう手筈《てはず》を整えた」という情報からそれを瞬時に察知した男は、手にしていた黄金の杯《ゴブレット》を床に叩《たた》きつけた。

そんな主《あるじ》の様子に、そばで控えていた愛妾《あいしょう》が冷静にたしなめようとするが、逆に八つ当たりを受け頬を殴られる。

我に返った男は愛妾に駆け寄ると、すまないすまないと何度も謝った。

この男は癇癪《かんしゃく》持ちで、気に入らないことがあるとよく物や人に当たる。そして人に当たった場合は直《す》ぐに謝るのも、いつも通りだった。

そのため女は特に気にした風もなく、微笑《ほほえ》みと共に大丈夫だと頷いた。

女の優しい態度を見た男は、ほっと胸を撫で下ろす。というのも、男にとって唯一心を許せるのは、この愛妾だけだったからだ。

部下や追従してくる人間は多々いるが、彼らは男のことを利用することしか考えていない。それと同時に男も、利用するために彼らをかき集めたのだ。

なのでその気になれば、きっと直ぐにでも裏切るだろう。

そんな中信じることができるのは、幼い頃から使用人として仕えてくれ、今はこうしてそばに居続けてくれている愛妾だけ。

白金色《プラチナブロンド》の髪に透き通った藍玉《らんぎょく》のような瞳《ひとみ》、卵形の顔、細くしなやかな肢体。

人形のように美しく完璧《かんぺき》な造形をしたこの愛妾を愛《め》でているときが、最も幸福を感じられる瞬間だ。

だから男はこの愛妾を心の底から愛していたし、彼女が離れていくことを心の底から恐れていた。離れていかないよう縛りつけるために、今よりも強大な権力を欲したのだ。

権力があれば、身分の差などさしたる問題にならない。ただの平民を伴侶《はんりょ》にするなどもってのの外だ、だからせめて愛妾に、と苦言を呈してくる面々も、黙らせることができる。

それもあり今回の策略は成功させたかったのに、これだ。ぎりりと、男は爪を噛《か》む。

和宮皇国側の詰めが甘かったのか、それとも黎暉大国側が一枚上手だったのか。

どちらにせよ、やはり他人に任せておくとろくなことにならない。信じられるのはいつだって自分自身と、この愛妾だけだ。

そろそろ、自分で動かなければならないな、と男はぼやいた。

そんな男の頭を、愛妾は優しく撫《な》でる。その表情は珍しく微笑みをたたえていた。

——大丈夫です、何があってもおそばにいますよ。

愛妾からそう背中を押され、男は喜色を浮かべた。

そうだ。となりに彼女がいれば、何も問題はない。どこへだって行ける。なんだってできる。

だからこれから先も、何も怖いものはないのだ——

そんな、恋にも似た全く別の何かを胸に抱きながら。男は自身の夢を実現させるために、邁進《まいしん》を始めたのだった。

# 終章　寵臣夫婦、今ひとたびの愛を誓う

牡丹祭《ぼたんさい》から数日が経《た》った。

その間に後宮内であった変化と言えば、やはり桜綾《おうりょう》の件だろう。侍女頭をしていた玉《ぎょく》琳《りん》に別件で外交任務についてもらうことになったため、代わりに雪花《せっか》が侍女頭になったのである。

その上で、今まで宙ぶらりんだった桜綾も、後宮内の派閥に入ることとなった。

どこかと言うと――なんと、保守派だ。

異国の姫ということもあり革新派、もしくは中立派に入りそうだとはたから見れば思うだろうが、もちろん桜綾を守るべく意図してやったことだった。

桜綾が保守派に入ることによって得られる最大の利益は、彼女の立場を固定することだ。

というのも、玉琳を売ることを決めた時点で、桜綾は国に帰る選択を捨てていた。大袈《おおげ》裟《さ》な言い方をすれば、亡命したという形にもなる。

そんな桜綾が保守派に属すれば、「桜綾は完全に母国を捨て、黎暉大国《れいきたいこく》の人間になることを決めた」と対外的に示すことができるのである。

また、桜綾は爽《しょう》になついているし、爽も桜綾のことを妹のように可愛《かわい》がっている。つまり、味方のいる派閥だ。桜綾としても過ごしやすいのではないかと思い、優蘭《ゆうらん》のほうから桜綾に話を持ちかけたのであった。

その結果、桜綾も承知してくれ、また静華《じょうか》のほうも割と乗り気で桜綾を自身の庇護《ひご》下に置くことを了承してくれた。

静華の面倒見の良さは優蘭もよく知っているので、悪いようにはならないだろう。

とは言え変化と言えばそれくらいで、後宮は比較的平穏そのものだった。

それもそのはず。今回玉琳が起こした桜綾殺害未遂は表に出ることなく、代わりに彼女に翻訳係というお役目を課すことでその罪は免除されたからだ。

免除、といえば聞こえは良いが、要は飼い殺しだ。しかも国を巻き込んでの飼い殺しである。

外交問題にしない代わりに黎暉大国側が有利な条件をつけて、これからも表面上は仲良くやる、というのが礼部《れいぶ》側の思い描いた筋書きだそうだ。

玉琳はそのための体の良い生贄《いけにえ》、見せしめになった形になる。

そのため宮廷のほうでは、外交面での危機管理対策や周辺諸国とのこれからの関係構築の見直しなどが全面的に行なわれているらしい。

今回の件で、さすがの保守派も黎暉大国が異国からどう思われているかを察したらしく、

話は割ととんとん拍子に進んでいるそうだ。元からこういった面での強化をしたがってい
た空泉《くうせん》は今、ノリノリで仕事をしているらしい、というらない情報も優蘭の耳に入って
きていた。
火急の用がないようであれば、礼部にはしばらく近づかないでおこうと優蘭が決意した
のはまた別の話である。

——そんな忙《せわ》しない宮廷とは打って変わり、後宮では久方ぶりに、全員が自由に参加で
きる茶会が開かれていた。
場所は、未《いま》だに主人のいない紫苑宮《しおんきゅう》の大広間。開催の名目としては、『和宮《かずのみや》皇国の文
化に触れるための茶会』となっている。
宮廷側も外交面の強化を図るということで、ならば後宮でもやろうという話になったか
らだ。
そしてその主催者はもちろん、巫《ふ》桜綾である。
補佐として健美省《けんびしょう》、静華、爽も介入しているが、企画から茶会の進行まで、中心とな
って手掛けたのは桜綾、そして侍女頭になった雪花だった。
牡丹だけでなく薔薇《ばら》、桃、桜の花といった白と桃色でまとめられた飾りつけは、甘やか
でありながら控えめで、どことなく清楚《せいそ》に見える。

そんな可愛らしい会場で振る舞われているのは、牡丹祭でも作られた美しい和宮菓子だった。

牡丹祭で出した牡丹餅《ぼたもち》、牡丹の練り切りなどはもちろん、それ以外にも桃の花を模したもの、桜の花を模したものなど多種多様な練り切りが会場に置かれている。

細部までこだわった美しい見た目と、黎暉大国の菓子にはないなめらかな舌触りをした餡《あん》。そして梅の蜜煮《みつに》や桜の塩漬けなどを練り込んだ餡が中から出てくるのは、この場にいる妃嬪《ひひん》たちにとっても新体験だったようだ。

驚きの声と共に「美味《おい》しい」という言葉があちこちから聞こえ、優蘭はほっと胸を撫で下ろす。

良かったわ。婕妤《しょうよ》様、本当に悩んでいたから。

今回桜綾が大々的に茶会の主催をしたのには、二つの意図がある。

一つ目は、後宮の妃嬪たちに異文化を知ってもらうきっかけ作りにするため。

これは妃嬪《ひひん》たちのためでもあり、また桜綾のためでもある。

というのも、今後もどんどん異国文化が外から持ち込まれることが予想されるからだ。

故に妃嬪たちには、その抵抗感を極力減らしてもらうきっかけとして、文化圏が近い和宮皇国の歴史や文化に触れてもらいたいと考えている。

そしてその役目を桜綾に任せたのは桜綾が適任だったから、というのはあるが、それ以上に桜綾に役割を与えたいと強く思ったからである。

正直言って桜綾の立場は、とても不安定だ。そして本人も、自我と呼べるだけのものを持てるだけの下地を与えられないまま、ここまできてしまっている。そんな彼女に「後宮で何がしたいか」と問いかけても、答えられるわけがない。

だから優蘭は、桜綾の道標《みちしるべ》として「後宮での役割を与えること」を選んだのである。

私のこの選択が、正しかったら良いのだけれど。

しかしこればかりは、時間をおかなければ分からないだろう。それを観察して修正をかけるのも、優蘭の仕事の一つだ。

そして二つ目は――桜綾に対する禍根を、極力減らすためだった。

そのために、桜綾はこれからあることをしなければならない。しかも、たった一人で。

そしてそのあることとは、妃嬪たちが茶菓子を堪能《たんのう》した頃に起きた。

桜綾が、会場の中央に立ったのだ。

ぽっかり空いた場所から周囲をぐるりと見回した桜綾は、緊張した面持ちで、しかし確かな声量と共に言葉を発する。

「――お集まりくださった皆様。此度《こたび》の茶会は、楽しんでいただけましたか？」

そう問いかけ一拍おいてから、桜綾はまた口を開く。

「楽しんでいただけたなら、とても嬉《うれ》しいです。ただ、この場を借りて一つ、わたしのほうから言わせていただきたいことが、あります。——わたしのせいでご不快な思いをさせてしまったこと、本当に申し訳ありませんでした」

——そう。

桜綾がしなければならないこと、それは、謝罪だった。

それは何故《なぜ》か。多くの妃嬪たちが表面上、桜綾のことを許してはいるものの、それが本当の意味での許しではない可能性があるからだ。

たとえば「優蘭に頭を下げられた」から。たとえば「四夫人が許した」から。そしてそう、「桜綾は子どもなのだから」と。

だから自分が抱いたこの怒りは抑えるべきものなのだと自分を納得させ、胸の内側に溜《た》まるもやもやした感情を抑え込んでいる妃嬪たちは、少なからずいる。これは絶対だ。

しかしそれは同時に、胸の内側で種のようになってしまうのだ。再び桜綾に対しての不満を抱けば、それは水となり種に与えられ、発芽してしまう。

それは、これから後宮生活を送るにあたって不利になる。だから優蘭はそれを、なるべく早いうちに解消しておきたかったのだ。

……それで、全員が本当の意味で許してくれるというわけでは、ないのだけれど。

それでも、桜綾はやると言った。だから優蘭はそれを、ただ黙って見守ると決めた。

その桜綾は、周囲が水を打ったように静まり返っているのにも気づかず、緊張した顔をして言葉を続けようとしている。

「皆様に、許して欲しいとは、言いません。いえ、言えません。ただ、許して欲しいとは……思っています。ですがそんな言葉だけでは、わたしの誠意は伝わらない。……なので今回、少しでも皆様にご恩返しがしたくて、たくさんの人の手を借りてこの茶会を開きました」

そこまで言ってから、桜綾は一呼吸置いた。息が切れているので、かなり緊張していることが遠くから見ている優蘭にも窺《うかが》える。

それでも。桜綾は再度前を向いて、告げた。

「皆様に、ご不快な思いをさせてしまい、本当に……本当に、申し訳ありませんでした。そして……それでも。許して、わたしと関わってくれた方々。多くのことを教えてくれた方々。誠にありがとうございます。少しでもご恩返しができるよう、これからも和宮皇国の文化や歴史を皆さまに伝えていけたら、と思っています。……よろしくお願いします」

そう言い、桜綾は深々と頭を下げる。

これからどうなるのか。

優蘭は固唾《かたず》を飲んで見守った。

――桜綾が頭を下げてから、どれくらい経っただろうか。

どこからともなく、ぱちぱちという音が響いてくる。

それは、拍手の音だった。初めはまばらだったそれはやがて周囲に伝播《でんぱ》し、一人、また一人と増えていく。

それがきっと、桜綾の謝罪に対しての返答なのだろう。

そのことに気づいた桜綾が涙をこぼしていて、なんだかそれがひどく眩《まぶ》しく見えた。

静華に至っては、ぼろぼろと涙をこぼしながら一際大きな拍手を送っている。その横に佇《たたず》む爽が手巾《しゅきん》を渡しながらささやかに手を叩《たた》いているのが、なんだか印象深かった。

中には拍手をしていない妃嬪もいたが、しかし、謝罪をしないまま後宮で過ごすよりはよっぽど良いと優蘭は思う。

だって人はそうやって許しながら、許されながら生きていく生き物なのだから。

桜綾の行く末を思いながら、優蘭はそんな彼女の背中を支える気持ちを込めて、精一杯の拍手を送ったのだった。

＊

茶会の翌日。

桜綾の一件も無事に片付き、健美省《けんびしょう》の面々は朝から祝杯をあげていた。

一日、まるっと休みだ。久々の安心できる休日に、皆心躍っている。それもあり、朝から酒を飲むという暴挙を行なっていたのだ。

今日ばかりは羽目を外してもいいと言われており、もし後宮で何かあれば内侍省《ないじしょう》の面々が対処してくれるという。

その上労《ねぎら》いの意味を込めて酒やつまみなども提供され、健美省の人間は最高級に浮かれていた。

しかしこの場に一人、姿が見えない人物がいる。

最初にそれに気づいたのは、梅香《ばいこう》だった。

「……あら。そういえば結局、長官はいらっしゃらないのね」

会が開かれる最初のほうから気にしていたのだろう。少し残念そうな顔をしている。

それに対して五彩宦官《かんがん》は、

「元から来ないと思ってました」

「いないのさみしい……」

「一緒に酒飲みたかった……」

「でも上司がいたら楽しめないしなぁ……」

「酒美味しい」

とまとまりを感じられない多様な反応を示しているが、概《おおむ》ね梅香と似た顔をしていた。

それに対し、涼やかな顔をして酒に口をつけていた麗月《れいげつ》が、意外そうな顔をする。

「皆様、ご存じないんですか？」

「……え、どういうこと。麗月」

「どういうことも……優蘭様は褒美も兼ねて、三日ほどお休みをいただいております
よ？」

「……え？」

「しかも結婚記念日とかで、ご主人様とご旅行に行かれているはずです」

『えええええ!?』

寝耳に水、さらには酒も入っているということもあり、麗月以外の全員が驚いた。

しかも麗月が「あ、これ優蘭様にも内緒のお話でした」と言って口を押さえるものだか
ら、余計に場が騒然となる。

「え、どういうことなの、麗月。どうして長官も知らない話を、麗月が知っているの
よ!?」

「ふふふ、どうしてだと思います？」

「そこが分からないから聞いてるんでしょうが――！」

しかし肝心の麗月はそれをのらりくらりと躱《かわ》して、ぐいぐい酒を飲んでいる。

「あ、ちなみにこちらの酒やつまみなどを提供してくださったのは、優蘭様のご主人様で
ある珀皓月《はくこうげつ》様ですよ」

「え!?」

「どれも良い品ですから、存分に味わいましょうね」

さらりととんでもないものを投下してきた麗月に、彼女以外の全員が驚きすぎて沈黙してしまった。

そうしてまた一つ、蕭《しょう》麗月の謎が増えたのだった——

＊

その一方で優蘭はというと。

朝からわけも分からず馬車に乗せられて、皓月と二人どこかへ向かっていた。

しかも二人とも私服を着ていて、紫以外の衣服を身に纏《まと》っていることに若干の違和感を覚える。

湘雲《しょううん》たちに半分寝ているような状態で朝の準備をさせられ、朝餉《あさげ》を詰め込んだのだ。

意識が本格的に覚醒《かくせい》し出したのは馬車に乗ってからで、どうやら相当疲れが溜《た》まっていたようだ。

それもあり、仕事へ行く気満々だった優蘭はより混乱している。

「ええっと、皓月？　出勤は……」

「ご安心を。本日より三日ほど、陛下からお休みを賜りました」

「知らなかったのですが⁉」

「すみません。優蘭を驚かせたくて、内緒にしていました」

そう口元に人差し指を当てて言われてしまえば、文句など出てこない。

というより、三日間の休暇かー！

そう聞くと、不思議と心がワクワクしてくる。しかも皓月が一緒にいるのだと思うと、尚更《なおさら》気持ちが高揚した。

優蘭が瞳《ひとみ》を輝かせているのを見て、皓月も笑う。

「そんなに楽しそうにしていただけると、秘密裏に計画を進めてきた甲斐《かい》がありますね」

「もちろんですよ！　それに皓月と一緒なら、どこに行ったって絶対に楽しいですし」

特に仕事が全てすっきり片付いた後だ。心に憂いなく一緒に過ごせる時間は、優蘭としても嬉しかった。

「それで、どちらへ向かうんですか？」

「柊雪州《しゅうせっしゅう》の端にある、珀家の別邸です。あと半日ほどかかりますかね」

「珀家の別邸ですか……でも、わざわざ別邸に行く必要ってあるんですか？」

純粋な疑問を口にしたら、皓月が優蘭の左手を恭しく取る。

そして、薬指に嵌《は》め込まれた指輪にそっと口づけを落とした。

ぶわわ、と優蘭の頬が一気に赤くなる。

「な、なな、何を」

「優蘭」

「は、はい!?」

「実を言うと優蘭とわたしは、今月で結婚一年目になるのです」

……そ、そういえばー!?

最近忙しすぎてすっかり忘れていたが、結婚一年目を迎えていた。

いやいやいや、結婚一年目がそろそろくるなー早めに贈り物用意しておこうとは思って、物自体は用意してあるのよ……ええ、ええ。

ただ、お互いに大変忙しい身の上である。当然、結婚記念日当日に祝い事をするのは無理だろうと思っていたため、実家から早めに取り寄せるだけ取り寄せて放置していたのだ。

優蘭は顔を青くする。

「すすす、すみません皓月！　私、贈り物用意したのに持ってきてません!?」

「えーっと、それはなんというか……逆に、申し訳ありません。わたしが伝えておかなかったせいですよね……」

「あ、う……だ、大丈夫です。帰ったら、帰ったらお渡ししますので……！」

落ち込む子犬のような態度で謝られてしまうと、どうしたらよいのか分からなくなる。

それに、皓月からの不意打ち自体は嬉《うれ》しかったのだ。慌ててそう切り返す。

するとと皓月はほっとした顔をして笑みを浮かべた。

「帰ってからも楽しみがあるなんて、嬉しいですね」

「そ、そうですね……」

「はいっ」

声を弾ませてそう言われると、勝手に頬がにやけてしまう……。

それを必死になってこらえていると、皓月はやや畏《かしこ》まった態度で優蘭に問いかけてきた。

「優蘭」

「は、はい」

「これから三日間、優蘭の時間をいただいてもいいですか？」

さらっとかっこいい発言をされると、胸がときめいてしまう。

どうぞいくらでもあげます、という気持ちでいっぱいだ。

それを伝える意味でこくこくと頷《うなず》けば、皓月は微笑《ほほえ》む。

「では優蘭。わたしと一緒に、婚姻式をやり直しましょうか」

「…………………………えっ？」

その言葉の意味を知ることになったのは、珀家の別邸についてからだった。

いつの間に先に着いていたのだろう。湘雲率いる優蘭の侍女たちが、着いて早々優蘭を一室に連れて行った。

そこには美しい真紅の襦裙《じゅくん》が用意されていて、それに合わせた簪《かんざし》や髪飾りも揃《そろ》っている。

真紅の襦裙は、黎暉大国における花嫁衣装だ。金と銀の糸で描かれているのは梅だ。珀家の紋章である。前回の花嫁衣装にも梅は描かれていたが、ここまで精緻《せいち》なものではなかった。

優蘭的に一番の問題は、明らかに時間とお金をかけられていそうな作りをしている点だろうか。パッと見ただけでも刺繍《ししゅう》の量が凄《すさ》まじいし、宝石も一緒に縫い込まれている。

一朝一夕では絶対に作れない高価な品物であるということは、はっきりと分かった。

え、待って。本当にいつからこれを計画していたの……？　というよりこれ、本当にいくら？　いくらかかっているの⁉

と、優蘭の思考が完全に停止しているのをいいことに、侍女たちはサクサクと着替えを済ませる。

化粧をして髪も結い、半刻《一時間》から一刻《二時間》ほど時間をかけて着込んだ衣装は優蘭の体にぴったり合った。

疲労感は感じているが、それよりも驚きの方が強く、皓月にどういうわけなのかを聞きたい気持ちでいっぱいだった。

その姿のまま連れてこられた広間には、こちらも鮮やかな真紅の花婿衣装を身にまとう皓月だ。皓月のほうが全体的に刺繍が少なめですっきりした作りになっているが、梅の刺繍が美しく施されている。

きれい。

以前婚姻式を挙げた際も綺麗《きれい》だとは思ったが、今回は両想《りょうおも》いになった後だからかより輝いて見える。

そしてそれはどうやら皓月も同じだったらしく、優蘭の姿を見て目を細めた。

「ああ……やはり、すごく綺麗です。仕立てた甲斐がありますね」

「あ、ありがとうございます……皓月もすごく綺麗です」

長い裾《すそ》を踏みつけないように注意を払いつつ、優蘭は皓月の手を取って用意されていた席についた。

席には色とりどりの豪華な食事が並んでいる。

そこまで落ち着いてようやく、優蘭は皓月に質問をした。

「えっと、そのですね、皓月。どうして婚姻式をやり直そうなどと思ったのですか……？」

優蘭の記憶が正しければ、一年前の婚姻式もちゃんとした衣とちゃんとした儀礼に則《のっと》って行なわれていたはずだ。そんなにやり直したいと思えるような、ひどい式ではなかったはずなのだが。

しかし皓月は、表情を曇らせる。

「いえ、この一年で優蘭のことをどんどん好きになって思ったのです。優蘭との婚姻式を、もっとちゃんとやりたかったな、と」

「す、っ⁉」

「本来ならば花嫁衣装は一番手間暇をかけて作るものです。なのにあんな急拵《きゅうごしら》えで、しかも全然優蘭に合っていない！　許せません！」

「そ、そんなにですか……」

ちょっと熱量の差に引いてしまったが、皓月がそこまでして優蘭のことを好きになってくれたのかと思うと、自然と頬が緩む。

勝手ににやにやしていると、皓月はさらに嘆いた。

「本当なら親戚《しんせき》一同を呼んで大々的にやり直しがしたかったのですが、外聞もありますし……」

「エッ」

そうですね、それは絶対にやめたほうがいいです。

優蘭たちの婚姻は、時報紙に載ったくらい大々的に取り上げられた式なのだ。それをもう一度行なったと知られれば、色々な意味で騒ぎになってしまう。それは、優蘭にとっても皓月にとっても、あまり良い騒ぎではないだろう。

その辺りのことを考えられるだけの理性があることに、少しだけほっとする。

「あと、せっかくの優蘭との時間を邪魔されるのも嫌だったので、今回は別邸を使って結婚一周年記念と称した婚姻式もどきを開くことにしたわけです」

「な、なるほどー……」

時折、皓月の金銭感覚のおかしさを感じるのは私だけなのかしら……。

基本的に品の良いお金の使い方しかしないのだが、時々こうやってちょっと数えたくない量のお金を一気に使う気がする。

特に優蘭の物を買うときになると金銭感覚が狂う気がするのは、そろそろ止めたほうがいいのだろうか。

しかし当時のことを思い出すと、皓月がやり直したいと思う気持ちも分かって。

尚《なお》のこと、愛《いと》おしいなという気持ちにさせられる。

本気で悔しそうにする皓月を見て、優蘭は微笑んだ。

「……よし、分かりました。なら来年は私が結婚記念日にやる計画を立てますね」

「……優蘭が、ですか？」

「はい。お互いが交互に計画を立てて、当日まで隠しておくんです。そして毎年一つずつ、思い出を塗り重ねるのって、楽しそうではありませんか？」

「……いいですね、それ」

「はい。じゃあ今日も一つ、思い出ですね」

そう笑うと、皓月も嬉しそうに笑ってくれる。

そんな幸福な気持ちを抱えたまま、二人は夕餉《ゆうげ》を終えたのだった。

＊

さて、と。

湯浴《ゆあ》みを終えた優蘭は、一人寝室で待ちながらごくりと喉《のど》を鳴らした。

寝台の上で正座をして皓月のことを待っているが、心臓がバクバクいって今にも飛び出してきそうだ。

何故《なぜ》優蘭がここまで緊張しているのかというと、皓月が『婚姻式をやり直したい』と言ったことにある。

——この二人は前回、あくまで契約結婚で仕事のためにした婚姻だから、という理由で、初夜を行なっていないのである。

当時は私室どころか寝室も別で、完全に仕事上の付き合いだと割り切った関係だったのだ。そこからこんなふうに想いを通わせることになるとは、誰も思わなかっただろう。

しかし皓月は、婚姻式をやり直したいと言った。

……それってつまり、初夜もってこと……よね……？

その辺りについて、優蘭も考えなかったわけではなかった。

むしろ両想いになった時点で、そういう関係にもなるであろうことは予想していたわけで。そして優蘭も、そういう年齢なわけで。覚悟というものが必要なら、もうとっくにできている。

なので今回のこれはある意味絶好の機会だと思うのだが、その辺り皓月はどう考えているのだろうか。

一人自問自答を続けて悩んでいると、がちゃりと扉が開いた。

びくりと肩を揺らす。

「お待たせしました……って、優蘭。どうかしましたか？」

「い、いいい、いえ、なんでも！」

いや、なんでもなくないでしょーが！

そう我に返った優蘭はあらためて、皓月に向き直った。

「あ、あの、皓月」

「はい」

「その……今夜は、初夜……ということでいいんですよね」

皓月は一瞬きょとんと目を丸くしてから、しかしこくりと頷いた。

「わたしとしては、そのつもりです。……もちろん、優蘭が嫌なら無理強いはしませんが……」

「い、いえ！　皓月の奥さんとしての務めは果たしたいですし、皓月との子どもは欲しいです！」

お、大きな声を出してしまった──！

恥ずかしくて思わず口を手で覆ったら、皓月が嬉しそうな顔をしているのが見えた。

「良かった。わたしも同じ気持ちです」

「は、はい。た、ただ……」

「ただ？」

皓月に促されるように、優蘭は胸の内を吐露する。

「……今のお仕事も、とても楽しくて。ですが子どもができたら絶対、後宮でのお勤めはできなくなりますよね？　それに、皓月の奥さんとしてのお務めもしなければなりません。どっちもちゃんとやりたいのにやらないのが……ちょっと苦しくて」

我ながら欲張りだと思うが、それが本音だった。

後宮妃《きさき》の管理人としての、今の仕事は続けたい。

でも皓月との子どもも作って、一緒に愛を注いで育てていきたいとも思う。元から子どもは好きだったが、紫薔《ししょう》の息子に触れる機会が増えたからか尚のことそう思うようになっていた。

皓月の妻としての役割を果たすなら、子どもができると同時に後宮勤めを辞めて珀家の本家に入り、そこで珀家の妻として必要なものを、現当主の妻である璃美《りび》から教わる。これが正解だ。

しかし後宮で女性たちのために働く楽しさは、何にも代えがたい喜びを優蘭に与えてくれる。

その二つを天秤《てんびん》にかけることが、今の優蘭にはできなかった。

そう言葉にしてから、優蘭はハッとする。

「す、すみません。珀家のほうが重要なことくらい、よく分かっているんです。でも心の整理がつかないだけで……」

「……優蘭」

「こんなときにどうでもいいことを言ってしまって、本当にすみません。わ、忘れてください」

「優蘭、聞いてください」

話を無理やり流そうとしたら、真剣な目をした皓月に両肩を掴《つか》まれる。

「それは決して、どうでもいいことではありません」

そう、柔らかい声音で告げられ。美しく澄んだ目で見つめられていると不思議と体の力が抜けて、こわばっていた心も解けていくような心地になった。

それを見た皓月は、ふ、と表情を緩める。

「ああ、よかった。やっとわたしのほうを見てくれましたね」

「あ……す、すみません……」

「いいんです。ただ、次はまずわたしに話してから悩んでください。それはわたしたち夫婦の問題ですから」

皓月は優蘭のとなりに腰を下ろして、ぎゅっと手を握ってくれる。互いの指を絡めるようにして繋《つな》がっていると、より深く互いに触れられているような気がした。

「そうですね……正直、とても難しい問題だと思います。なので今ここで答えを出していい話ではないかな、と」

「そう、ですか？」

「はい。……それに、その話を聞いて少しだけ、優蘭らしくないな、と思う気持ちもあるんです」

「……私らしく、ですか？」

「そうです。優蘭なら、どんなに困難でも両方取れる道を選ぶんじゃないかなーと。そう思いまして」

皓月にそう指摘され、優蘭はハッとした。同時に、彼の言うことはもっともだと感じる。

「確かに……私の夫婦観は意外と、古臭かったのでしょうか？」

「いえ、そんなことはないかと。ただ、方法はいくつか選べると思うんです。たとえば、子どもを産んでから仕事に復帰する方法。たとえば、しっかりと後宮内を整えて、優蘭の後任を見つけた上で立ち去り、外から後宮を支援していく方法、ですとか。完全に優蘭の意見を全て通せるのかは、正直やってみないと分かりませんが……わたしたちにはそういう選択肢もあるのではないかと、わたしは思います」

そう助言をされ、優蘭は「いいですねそれ」と声の調子を上げた。

「外から後宮を支援できるのであれば、私ももっと自由に行動することができますし。美容品の情報とかって、後宮内にいるだけじゃ入ってきづらかったりするんですよね」

「ですね」

「あ！　美容品関係の時報紙みたいなのがあっても面白いですね！　定期的にこう、まとめて書物みたいにしても面白そう！」

「いいですね」

「絵とかを添えたり、説明書きなどもそこにまとめて書けば、商品の案内みたいなものになっていいと思うんです。あ、これは別に今でもできそうね……知り合いの印刷関係者に話をつけてみるのもありかしら……？　というより印刷関係者と話ができれば、もしも何かあった際にはわざと情報を提供して、民衆を味方につけるようなこともできたり……」

最後のほうは独り言で、段々と別の利益のほうになってきたが、皓月の言葉をきっかけに次々と案が浮かんで、溢《あふ》れていく。

ああああ！　今すぐ紙に書きたい！

そう思っていたら、となりでくすくすと笑われた。

「そんなにたくさん案が出てくるとは思いませんでした……ふ、ふふ」

「あ、本当にすみませんすみません、閨《ねや》なのにまったく色気が……！」

「いいんです、その話を進め始めたのはわたしですから。……でも、ほら。道は一つではないでしょう？」

「……はい」

「他にも相談できる方……というより、相談しなければならない方々はたくさんいますから……今年はその辺りを中心に、考えてみましょうか」

「……いいですね」

「はい」

こつんと、互いの額と額を突き合わせて、二人は微笑《ほほえ》む。

すると、皓月が上目遣いで見てきた。

「それで、なんですが」

「は、はい」

「……しても、いいですか？」

かぁっと頰が熱くなったが、しかし優蘭は否と言わなかった。むしろ同じように見つめ返しながら、ただ一つこくりと頷《うなず》く。

それとほぼ同時に、皓月が優蘭の唇を奪った。

今までと違い、より深く、長く。口づけを交わす。無意識のうちに逃げようと体を引けば、頭を後ろから抱えられて動けなくなった。

するりと、皓月の大きな手が髪を撫《な》でていく。

息も絶え絶えになりながらなんとか口づけから解放されたら、いつの間にか寝台に押し倒されていた。

ぺろりと、皓月が自身の唇を舐《な》める。

上から見下ろしてくる皓月の目がいつもよりぎらついていて、背筋がぞくりと震えた。

そのせいか、優蘭は思わず口走ってしまったのだ。

「お、お手柔らかにお願いします……っ」

それを聞いた皓月は一度目を見開き、喉《のど》を震わせて笑う。

「善処します」

——翌日の朝餉《あさげ》に出されたのは、野菜たっぷりの餡《あん》を詰めた水餃子《ぎょうざ》だった。それを見た優蘭が顔を真っ赤にしてしまったのは、また別の話。

二人は休みをたっぷり使って、夫婦の絆《きずな》を深める。

そして最終日。都・陵苑《りょうえん》に戻ってきてから、優蘭は皓月に一揃《そろ》えの茶器と茶葉を渡した。

その日の夜、二人はそれを使って茶を飲みながら夫婦の時間を過ごす。

皓月がいてくれれば、これから先怖いものがあっても、乗り越えていける。

そう優蘭は思う。

今回の記念日旅行を経て、その想《おも》いはより一層強く鮮やかになった。

皓月の腕《かいな》に抱かれながら、優蘭はそっと目を閉じる。

あなたを愛することができて、良かった。

その想いは決して皓月に伝わることはなく。しかし優蘭の胸の中で、確かな熱となって燃え始めたのだった——

# あとがき

お久しぶりです、しきみ彰《あき》です。皆様、お元気でしたでしょうか？

六巻、無事に刊行することができました！　これも皆様のお陰です。ありがとうございます。寵臣《ちょうしん》夫婦が両想いになってからのあれやこれやも書きたかったので、本当に嬉《うれ》しいです。ありがとうございます。


では早速本題に。

今回は第二部という形で、「優蘭《ゆうらん》が彼女らしいやり方と方法で、後宮の妃嬪《ひひん》たちの信頼を勝ち取っていく」という原点復帰を意識してストーリーを組み立てました。なので一巻から三巻まで辺りの雰囲気が戻ってきている！　と思っていただけたら幸いです。

ただ内政が片付いたことで、どんどん外へ外へと物語が広がっています。それもあり他国が絡んでくる形になるので、人間関係は結構複雑になってきています。また悪役の対応の仕方も、ちょっとひとひねりしました。不穏な空気とか伏線等も張らせていただいていますので、その辺りも楽しんでもらえたらなと思っています。

今回の一番の注目点は、個人的にはやっぱり優蘭と皓月《こうげつ》のイチャイチャシーンでしょうか。この辺りは結構たくさん入れられまして、編集さんにも太鼓判を押していただけたので、読者さんも楽しんでいただけるかなと！

一押しは、終章で婚姻のやり直しをしたところでしょうか。

実を言うとずっと「こんなに優蘭を好きになった皓月なら、あんな適当（と言っても、作中で優蘭が言っている通り、短期間しか準備期間がなかった割には見劣りしないしっかりしたもの）な婚姻は納得いっていないだろうなと作者自身が思っていましたので、結婚一周年だし入れようと頑張りました。

また今回、ようやく左丞相《さじょうしょう》・杜陽明《とようめい》を出すことができました。

そう、遠征に行かされていた彼です。今までの巻にもちょこちょこ存在だけ明かされていましたので、ようやく出せて満足しています。苦労性のような、でも腹に一物抱えているような。なのにちょっと抜けているというキャラが、皇帝と皓月のいい緩衝材＆いい師匠的な存在になっているので、彼の活躍にも期待したいですね。ちゃっかり表紙のバックメンバーにいますので、ぜひぜひ確認してください！

廣本《ひろもと》シヲリ先生によるコミックス四巻のほうも四月発売となっております。原作で言うところの二巻最後まで、といったところですね。本当に毎回、自分の作品が原作なのか？

と思ってしまうほど完成度の高いストーリー構成とコマ割りになっていますので、そちらも合わせてお楽しみください。

Izumi先生による表紙も、今回は今までとちょっと違うテイストで第二部を華々しく飾るものになっています！　牡丹《ぼたん》も綺麗《きれい》……。いつも素敵に仕上げていただけて嬉しいです、ありがとうございます。

編集様にも大変お世話になりました。いつも的確なご指摘いただけて感謝しております。

この場を借りてお礼申し上げます。

そして後宮妃シリーズをずっと応援し続けてくださっている読者の皆様。本当にありがとうございます。今回も楽しんでいただけていますように。

それでは、また近いうちにお会いできることを願って。

しきみ彰

富士見L文庫

# 後宮妃《こうきゅうきさき》の管理人《かんりにん》 六
## ～寵臣夫婦《ちょうしんふうふ》は企《くわだ》てる～

しきみ彰《あき》

2022年3月15日　初版発行
2022年8月20日　3版発行

発行者　青柳昌行
発　行　株式会社 KADOKAWA
〒102-8177　東京都千代田区富士見2-13-3
電話　0570-002-301（ナビダイヤル）

印刷所　株式会社 KADOKAWA
製本所　株式会社 KADOKAWA
装丁者　西村弘美

定価はカバーに表示してあります。　◆◇◇



●お問い合わせ
https://www.kadokawa.co.jp/（「お問い合わせ」へお進みください）
※内容によっては、お答えできない場合があります。
※サポートは日本国内のみとさせていただきます。
※Japanese text only

ISBN 978-4-04-074337-0 C0193